José María Requena
El cuajarón

José María Requena

El cuajarón

Premio Eugenio Nadal 1971

Ediciones Destino
Colección
Áncora y Delfín
Volumen 375

© Ediciones Destino
Consejo de Ciento, 425. Barcelona-9
Primera edición: febrero 1972
Segunda edición: marzo 1972
Tercera edición: abril 1972
Depósito legal: B. 4.160 - 72
Impreso en Talleres Gráficos A. Núñez
París, 208. Barcelona
Impreso en España - Printed in Spain

La sangre suele ser caprichosa, hasta cuando, ya fuera de las venas, se agrupa en ese algo inquietante que es un cuajarón.

Se presiente allí, entre tantos y tan diversos tonos, la convivencia del sueño y del desengaño, la extraña cercanía de lo que es verdad y de lo que sólo fue posible... Muchas sangres se mezclan en semejante mundo de vida condenada al menosprecio: la sangre que desespera, junto a la que brilla como un milagro de tanto mimar los luminosos glóbulos de la fantasía... La sangre loca de las ambiciones, que se remansa en la tristeza sensata de la realidad... Y todas, todas las sangres de un cuajarón, se abrazan con desorden, gritan su verdad cuando pueden, ahora una, después la otra, forcejean sus voces, logran hacerse ver y apreciar en continua rebeldía contra el tiempo, siempre fuera de programa, a saltos desde el futuro hasta el presente, qué más da, las consecuencias por delante de los motivos, el éxito que se imagina puesto por delante de la amargura que se sufre...

Menudo cuajarón esta vida, remolino de verdades y mentiras, pesadilla en la que acaso sea lo más sobrehumano el hecho de poder barajar con sabrosa desgana los naipes todos del tiempo: la angustia, con sus astillas de presente; la esperanza, con sus madejas de ingenuidad, y la memoria, igual que un saco de sorpresas perdidas, que no se resiste a ser sangre morada, vida muerta en ese universo pequeñito que viene a ser un cuajarón.

Si el personaje Goyo viviera «de verdad», o si le fuese posible fugarse alguna vez de las páginas en que su existencia ha quedado inventada, no podéis suponer hasta qué punto me gustaría dialogar con él, para que me describiera con detalle los desbarajustes misteriosos que ocurren en el tremendo encuentro de las surtidas sangres que forman parte del cuajarón.

Y hasta es muy posible que Goyo me explicara por qué me «obligó» a contar su historia con ritmo de pesadilla, regresando de sus soñadas alturas de dinero y fama a los tiempos de ambición insatisfecha, para saltar de nuevo a las raras angustias del éxito, con un desorden narrativo en el que tanto destacan los contrastes. Como ocurre en las pesadillas, igual que acontecerá siempre cuando un muchacho, sin barba todavía, se dedica a soñar despierto con lo que nunca podrá llegar a ser. Porque tamaña mezcla de fantasías y realidades se resiste a colocarse en línea desde el ayer hasta el mañana. Hierve la sangre del cuajarón y saltan los hechos y los sueños de adelante hacia atrás, y también al contrario, hasta que lo imaginado se muestra casi más verídico que el mismo jovencillo que lo soñara todo.

El autor

Primera parte

1

¿Y qué? Sí, he matado a un niño, o, mejor dicho, le mató el parachoques de mi descapotable rojo, a la entrada del pueblo, por la mañana, niño marrajo, la pelota que cruza la carretera, y ¡pum!, ruido seco, el chiquillo quieto en el polverío del verano, los demás niños que se apartan y un hombre que me grita cójalo, a qué espera, venga, a la casa de socorro, de prisa. La cabeza del chaval sobre mis piernas, qué raro el ruido del arranque del motor. Y, nada más llegar, el médico, sin rodeos: está muerto, debió de morir instantáneamente. Me dejaron verlo, una sábana le cubría la cabeza, colgaban sus dos manos hacia un mismo lado, todavía tenían calorcillo cuando las acaricié, todos me observaban, fijos sus ojos en los míos. Bien, señor alcalde, por favor, llame usted a mi apoderado y dígale lo que ha ocurrido. No te preocupes, Goyo, tú tranquilo, que aquí estoy yo. Qué tío más idiota, cuánto servilismo, si yo no fuera un famoso, ¿de qué tantas facilidades? Y el juez, con sus preguntas, muy encarado él, mirándome muy desde su sillón, muy desde el otro lado de la mesa, viviendo la gran historia que les contará a sus nietos: el gran torero Goyo sentado en una silla y yo que le pregunto por su nombre y sus dos apellidos, y yo que le exijo que me diga la velocidad aproximada a que iba con su descapotable, y yo que le interrogo si en el momento del atropello mortal no iba demasiado preocupado por cualquier otro motivo... Hay que ver cómo aprovecha la gente cualquier ocasión para atornillar hacia abajo a los que pisamos techos de fama. Hasta que llegó mi apoderado, don Joaquín, con mi abogado: ni me despedí del juez, ahí te quedas, de cárcel, nada, si acaso, cheque al canto, la cantidad no me importa, un millón si es necesario, para que se animen esos padres a echarse en la cama a fabricar un chiquillo nuevo, qué bestia, tú, ¿y aquellas manos pequeñas?, está bien, ya no tiene remedio, y todo pasa, así es que como si nada hubiera ocurrido, lo peor es pararse... Dentro de unos días iré al Banco, el director y yo nos beberemos unas copitas para preparar mi sabrosa fiesta de fin de temporada: esta vez, trescientos millones de pesetas míos, en billetes grandes, sobre una mesa, para yo palparlos, para yo convencerme de que ya he llegado a donde yo quería llegar... Me gustaría saber lo que piensa Amalia cuando se entere de todo esto del niño muerto. Conocí a la hija del ganadero en la venta de mi abuelo Gregorio, mientras dos gallos de pelea disparaban sus espolones hacia el cristal de los ojos enemigos... Has llegado, por fin, a tu finca mayor, el caserío arropado por muchos kilómetros de olivar espeso, ahí tienes la piscina, tu hermosa piscina, algo triste y fría de tanto bañarse suecas... A ver, Pepito, llama a la cuadrilla, que ya está bien de cachondeo. Ha puesto mi mozo de espada gesto de sacristán pueblerino al llegar el señor obispo. ¡Venga, puñeta, Pepito!, ¿dónde anda esa gente?, avísalos a todo correr... Seguro que estarán jugando a las cartas en el sótano, y qué sótano, aire acondicionado, luz fluorescente, frigorífico de los grandes, televisor... Tú, Goyo, aguárdalos ahora como siempre que te enfadas un poco, aunque no haya motivo, que es lo bueno: los brazos cruzados, lo mismo que haces cuando siembran de banderillas el ruedo, y la cara, así, eso, cara de haber agotado la paciencia... Ya salen: primero, El Puñeto, no falla, siempre echan por delante al niño grandón, al torero de la fuerza, limpio de malicia, para que aguante la primera mala leche del maestro. Después, los demás, uno a uno, dejando caer un buenas tardes temeroso, y yo, ni contestarles, hasta que se ponen en hilera como hormigas la mar de respetuosas. Abrocha Felipe el botón alto de su camisa y los demás le imitan, codo a codo, silenciosos, parecen soldados, Goyo, y tú, general de esos seis hombres, Pepito incluido, soldados con sueldos tres veces más altos de lo que mandan las reglamentaciones taurinas, seis esclavos tuyos, seis odios muy semejantes que ni siquiera se atreven a vibrar un poco en las pestañas. Y ahora, ¿qué? Nos podríamos emborrachar todos juntos, cante, baile y mujeres para todos, y yo, un golpe de teléfono, y alguna señorita caprichosa que viene a por mí con el sabroso tono del que no se entere nadie, Goyo, que no se vaya a enterar alguien... Pero no, hoy no, hoy necesito que se ponga con buen trapío el rencor de los que me soportan por dinero... Pepito, venga, a la piscina todos, pues claro, vestidos, que sí, con los zapatos puestos, hala, bandidos, tragones, capitalistas a cuenta de mis cornadas, y tú también, Pepito, no faltaba más, so aprovechado, al agua se ha dicho, por esa parte no, so imbécil, que está muy hondo y te vamos a tener que hacer la respiración artificial, so pedazo de cateto...

Y tú, Goyo, cuando agonizaba ya la tarde sobre la piscina, donde se remojaba en desprecios tu cuadrilla, subiste lentamente, amo del tiempo y del espacio, al trampolín más alto: queridos subalternos, qué lástima me dais, palabra, qué repugnancia, al veros así, vestidos y en el agua, incapaces de protestar, sin un gramo de dignidad, gente con obediencia de perros, y todo, por dinero, ¿ni una palabra?, qué va, si hasta las palabras las tenéis vendidas...

Chapoteaban igual que chiquillos en travesura de arroyo. El sol se debilitaba como absorbido por la enorme esponja de los olivares. Y tú, al subir por las anchas escaleras de mármol, te sientes profundamente satisfecho por esa capacidad tan tuya de fabricar odio con las vidas que te obedecen. Alguien te dijo una vez que el tamaño del poderío se mide por la cantidad de resentimiento que lo rodea. Llegas a tu sala de lujo, lienzos caros, figurillas asiáticas, y te dejas caer en tu butacón preferido, qué peso el tuyo, el de tu importancia, peso a medir por toneladas de tu silueta de famoso.

Pulsas un timbre, y doncella de uniforme negro y cofia, pero, a estas alturas, vieja, no como en tus comienzos de millonario: chavalillas que caían a cuenta de pedirle el primer vermut, al mediodía, o una cerveza por la tarde o un poco de coñac en la madrugada, o sin pretexto alguno, en el sofá más a mano, imprevistos revuelos de faldas sobre las alfombras, tú como un tigre a zarpazos sobre la carne nueva en el recodo de un pasillo... ¿Señor? La criada Lorenza, a punto de los sesenta, te mira a los ojos como quien contempla el dinero en grande, sólo así, tranquila ante el avispero de tus deseos, porque antes llevabas camino de morir achicharrado en las candelitas pícaras de la servidumbre... Abra usted el ventanal... Desde la piscina llegan los rumores húmedos de la cuadrilla que se remoja... Y ahora, dígale a Pepito que suba... Recuérdale, Goyo, en la tienda de su padre, aquel olor a mar podrido en la barrica vieja de los arenques, tan delgadito y tan fantasioso: porque lo peor es una vaquilla, a mí que me echen un toro de verdad y me pongo así delante de la cornamenta y aguanto lo que sea, pero las vaquillas, aunque no te maten, son como chiquillos, pura diablura, y cuando menos te lo piensas, por el aire... Usted dirá, maestro... Pepito parece un ratón mojado... Límpiate esa moquera que te cuelga... El pañuelo le sale chorreando... Mira, Pepito, que si tu padre te viera así, ¿te acuerdas de cuando decías que lo tuyo eran los toros, porque las vaquillas son como chiquillos?, pero vamos a otra cosa: tú, ¿cuántos ganas al año conmigo?, sin rodeos ni martingalas, porque te mando a la tienda... Alrededor de las trescientas, de las trescientas mil pesetas, se entiende, claro, sí, yo calculo que eso, más o menos... Con el silencio, sin palabras, una sonrisita que se esconde juguetona en seriedades estudiadas, le das a entender que es un tío con suerte, hasta que le doblas la ale-

15

gría con un pase de castigo: trescientas mil pesetas, sesenta mil duros, y en el callejón, valiente granuja, a ver, cuéntame ahora lo que raja la tropa en la piscina, me imagino al Puñeto sin poder fumar, su tabaco rubio como un puñado de sopa, qué bueno, lo único fino del Puñeto, su tabaquito de niñato fino-li, puro estropajo, ¿qué no echará por esa boca?...

Pepito suelta las frases con soniquete de contar cuentos infantiles: Felipe, nada más entrar en el agua se puso a nombrarte, a media voz, todos tus muertos, sin olvidarse de tus bisabuelos ni de tus tatarabuelas y hasta se inventaba para ellos nombres y detalles imaginarios... En cuanto al Puñeto, pues dijo que le gustaría que tú fueras un toro para barrenarte sin piedad en el morrillo de tu soberbia, todo el cuerpo echado en la vara, a la mierda el toque de cambio de tercio, leña y más leña en el agujero de tu orgullo, toda la noche si es preciso, decía, que se vaya la gente de la plaza, y yo aquí ahondando en el morrillo del maestro, hasta que vea con mis ojos el primer goterón de mala leche, y, entonces, quieto, parado.

Poco a poco, se ha ido entusiasmando con el informe. Por unos minutos parecía que era Pepito mismo el que se arriesgaba a decirle tales insultos, cara a cara, con una audacia que jamás tendría, ni en sueños.

La cosa tiene gracia, una gracia muy especial, ¿o no, Pepe, a que sí que la tiene?, anda y dile a los esclavos que salgan de la piscina y que se duchen con agua templada, no sea que se resfríen, aunque El Puñeto, para acatarrarse, necesitaba que yo le dejara

16

pasar toda la noche dale que dale al morrillo del agua, y dile a Lorenza que te dé un par de botellas de coñac, para que se cuiden, pobrecitos.

Desde el ventanal, la noche encima, presencias la operación de salvamento. Grita Pepito: venga, muchachos, se acabó el remojo, garbanzos fuera. Sale del agua la cuadrilla igual que del naufragio de una ofensa, todos en silencio, más oscuras las sombras de las barbas, como de tres o cuatro días sin afeitarse, el mirar humillado, bofetones de rabia contra esos pantalones de pescadores hambrientos, cabezas despeinadas por los gatos del ridículo, y, entre los dientes, todos sus muertos, Goyo, tus difuntos de siglos, entre esos dientes, masticados con odio, sin que falte tu padre, el muerto que te duele, tan borroso, tan sin rostro posible, tú, en la cuna, según dicen, cuando se tiró a la charca, y el abuelo Gregorio con su borrachera en la noche del luto: si no llegó a cabrón fue porque a mi hija le dio siempre por santa, pero bien que se mereció llegar a serlo, siendo como era un inútil, de lo peor, ya digo, de los que, por no tener imaginación, ni siquiera sirven para anarquistas... Cómo te gustaría verle entrar, ahora mismo, en este salón, ¿de qué manera se hubiera sentado en ese gran sofá?, ¿en el borde?, ¿y qué te hubiera dicho a ti, a su hijo, de toda esta nube de riqueza que te envuelve?, porque, dejando a un lado la enemiga del abuelo, hay quien asegura que tu padre tiraba a comunista y que, al terminar de arar, besaba a los mulos en la frente como si solamente ellos supieran entenderle.

17

Le trajeron a Goyo la foto que había pedido. El hombre, de unos veinticinco años, apuntalaba con el hombro el llanto de su mujer, todavía más joven. Al fondo, la rabiosa luz de la cal de las casas a ras de suelo, con su profunda tizne de dolor en los ventanucos y el trazo desesperado de una puerta entreabierta hacia el cuarto único, cocina incluida, sin hijo ya... No lo conozco. ¿Y dices que éste le dice nones al millón de pesetas? ¡Qué tío más loco! Se concentra el asombro del torero en el rostro del peón albañil: no tiene dos cejas, sino tan sólo una que parece techado corrido de pelambre sobre los ojos pequeños y protestones de alguien que no acepta así como así los salvavidas que le arrojen desde cualquier muelle de conciencia borrosa. Así es que me dijo que no. Y que no reclamará nada y que sabe que yo no tuve la culpa. Claro: echarle mano al millón sería para él algo como hacerse rico de pronto a cuenta de la muerte de un hijo... A ver, tú, don Joaquín, sí, de tú y de don Joaquín, que ya está bien de apoderado con el don por delante, prepáralo todo en la plaza de tientas. Ya sabes, como otras veces: caballos, vacas, novillos, hasta disparos de escopeta y rifles. Una fiesta con charcos de sangre. Porque la vida de un torero grande como yo no puede pararse. Y qué distante ya tu cólico primero de mariscos. ¿Recuerdas? Langostinos de casi una cuarta, cigalas grandes que tenían peso de collar caro entre tus dedos de novillero ambicioso. Y Marga, la mano de Marga sobre tu frente durante aquella vomitona: buena lección ésta, ¿sabes? A todos nos ha pasado lo mismo. Te crees que la felicidad consiste en comer las mismas cosas que los ricos, y ya ves: en la primera ocasión te llenas de bichos sabrosos de la mar y te pones a punto de aborrecerlos... Y, después de aquella mano de Marga, el cuerpo de Marga, caderas amplias, yegua campeona en aquella sala de fiestas, y tú, Goyo, como un muñequito en la habitación de los siete espejos, y Marga, antes y después, que te besaba en las sienes, igual que a un hijo suyo, y que no te cobró nada, y hasta te dio consejos... Llámala, Goyo, te vendrá bien su compañía... Oye, soy yo, Marga. Sí, Goyo. He matado ayer a un niño. Se cruzó de repente ante mi coche. No te preocupes. Hay testigos de que todo ocurrió sin culpa mía. Pero quiero que vengas. Qué niño todavía, Goyo, niño caprichoso y terrible después de tantísimo matar toros y toros, sueños y sueños de muchachas, amistades y amistades que desperdicias. Un niño... y tu madre, en su cocina, cuarenta y ocho años que son como setenta, un bulto, nada más que un bulto negro en la cocina: vente a vivir a mi finca, no te faltará de nada, seis criadas, despensa con techo de jamones. Pero nada podías hacer ante aquellos ojos que no miraban únicamente en nombre propio, no, sino como interpretando otro estilo de mirar más duro, el mirar lejano de tu padre. Y has llegado a olvidarla, o, por lo menos, a no intentar entenderla. Sí. Te duele tu madre, carne de luto, como una memoria negra, mundo ahumado y bastante enemigo, arraigada sin remedio en el recuerdo de cuando el pan escaso y el sudor manchando las paredes. Llegaba el abuelo Gregorio a la cocina aquella como una extraña fuerza del campo que nunca podré explicarme. Venga ya, hija, olvídate de Manolo, porque ni ya de muerto se lo merece. Quítate esos trapos negros, porque allá en la venta seguro que habrá un buen hombre para darle a Goyito padre nuevo, y te llevaba como un rey hasta su Venta de la Curva, encrucijada campera de aguardiente y vino, pelea de gallos en el corral, trigos y olivos desde la azotea, toros de torear, un poco más allá de los pinares, y galgos, los fabulosos galgos de tu abuelo, que hasta aprendían a leer por arte y magia de aquellos recortitos de periódico que les echaba pegados a trocitos de chocolate. Fue de siempre un raro milagro. Cómo te gustaría escuchar ahora sus carcajadas de hombre acostumbrado a fabricar el mundo a su manera, sin dinero, a cuerpo limpio. Me lo imagino: abuelo, mira, que resulta que ayer, sin culpa mía, se me cruzó un chiquillo ante el descapotable y lo maté, bueno, lo mató mi coche. Y el abuelo Gregorio, ahí, de pie junto al ventanal, me diría: de momento, coge tu descapotable y mátalo. Lo rocías de gasolina y le echas una cerilla o lo tiras al mar por un barranco, o se lo regalas al padre del niño, para que lo venda o para que lo enseñe a todos: este cabrón de coche fue quien asesinó a mi hijo... Sí, Goyo, tu abuelo hubiera dicho todo eso, y a ti te satisface suponer que, poco más o menos, así hubiera hablado, tan de acuerdo con tu necesidad de indiferencia. Pero ¿qué te hubiera dicho tu padre en un día como el de hoy? ¡Vete a saber! Cuando se mató era pobre, jugaba al anarquismo porque nada tenía que defender, y al comunismo, porque nada le podían quitar en los repartos del todo para todos... No te engañes, Goyo, no. Tu padre no se hubiera subido jamás al descapotable rojo de tus triunfos. Nada sabes de tu padre. Nada. Que se tiró a una charca. Nada más. Porque nunca has escuchado a quienes podían explicarte cómo era, con sus encalladas torpezas de casi analfabeto, tan del todo distinto a tu abuelo, tan amargamente serio... ¿Entonces? ¿Cómo estaría delante de mí? ¿Con ropa de gañán y telilla gris de palomo zurito? ¿A punto de escupir con desprecio sobre las alfombras? ¡Vaya, hijo, con que has matado un chiquillo con tu coche! Eso es una desgracia, pero tú no has tenido la culpa, ¿no? Así es que te vas y abrazas al padre y llora de verdad ante el cuerpo del niño. Y no intentes, eso nunca, arreglar el asunto con millones... Se abre la puerta, y Marga: vestido azul oscuro, minifalda sin exageración, mangas abotonadas en las muñecas, y cuello ingenuo, almidonado y redondo, de colegiala. Y el beso, un beso con anchura ensalivada y violenta, beso para intentar borrar la vida misma, beso con algo de suicidio... Suena el teléfono: Soy Pepito. Don Joaquín me encarga que te diga... No me mates, Pepito, acaba, que estoy la mar de a gusto... Pero escucha, Goyo... Suelta ya lo que sea, venga... Que todo está preparado ya para el amanecer: caballos, perros, ovejas y novillos... Está bien, de acuerdo... Espera un poco y termino: También me ha dicho don Joaquín que dentro de un par de horas llegará a verte —hace un pequeño alto la voz del travieso Pepito— nada menos que la señorita Amalia... La garganta se te ha puesto como en el paseíllo de la alternativa. Marga ha cazado tu repentino frío, nada más colgar tú el teléfono... ¿Qué te pasa, mujer? No, Goyo, ya no... La saliva se le ha quedado en brillo triste sobre los labios mordidos... Vamos, Marga, ven aquí, siéntate conmigo, bebamos alguna cosa. No, Goyo, no me necesitas ya. Las mujeres como yo nos damos cuenta de todo a todo correr. Estoy segura: te han dicho por teléfono que viene otra. ¿Amalia? ¿Me equivoco? ¿No es la señorita Amalia? Hija y nieta de ganaderos, bachillerato en colegio de monjas de las caras... Marga, por favor, yo no quiero que tú... Y de nuevo la caricia de ella, libre ya de los deseos que tú le habías encendido... No te preocupes, Goyito, tú sabes de sobra que yo me vendo cada noche, menos a ti. Ya no te hago falta. Y al salir, volvió la cabeza hasta tres veces con sonrisa de enfermera que ha cumplido con su deber de acudir hasta un paciente entrañablemente antiguo... De nuevo, Amalia, Goyo, cuello largo, nariz casi curva, pecas chorreadas por los pómulos salientes, cabellos negros estirados al filo de las orejas, moño pequeño y dominante en el raro encanto de su delgadísima nuca. Otra vez ella, lo que nunca podrás comprar, la única persona que sabe cómo eres de verdad, porque tú, el soberbio Goyo de los triunfos y los millones a espuertas, te quedas siempre paralizado como un niño tímido cuando llega Amalia y dice su primera palabra.

Pero cállate ya, Carmelo, emborráchate un poco más y no repitas hasta mil veces que las banderillas que tú pones se vuelven de oro macizo. Y tú, Felipe, recuerda lo que me decías ayer mismo: que ya soy millonario, Pepito, que ya soy millonario... Y tú, Puñeto, que no, que nunca podrás vengarte del maestro. Así es que, lo mejor, ya sabes, sácale un buen jugo al Goyo loco que nos remojó a todos en la piscina... Se callan los subalternos en el sótano cuartelero de este palacio que Goyo ha levantado entre olivares, a seis kilómetros del pueblo, de su pueblo, de mi pueblo. Arriba, en una esquina de la gran azotea, una torreta metálica, un poco a lo torre Eiffel, con escalera bastante cómoda para llegar hasta lo alto y poder contemplar con catalejos fincas vecinas y caminos que vienen y que van hacia las torres del pueblo... ¡El pueblo! Mira, Pepito, te digo una cosa: en cuanto gane el millón primero, me levanto una casa en las afueras de este cabrón de pueblo, para que se mueran de bilis los envidiosos. Y Goyo no sabía ni sabe que tú fuiste el primero en sentirte dolido: Mira, Pepito, tú tienes que dejar esto, ¿comprendes? Toreas muy bien al toro del aire, pero ante una embestida de verdad no te responden ni los músculos ni los cojones del corazón. Así es que te vienes conmigo de mozo de estoques, como un buen amigo que necesito, y mucho, en toda esa pelea que me espera. Yo nunca podré perdonarle aquello que dijo. Pero acabaste en esclavo suyo, esclavo noble, incluso, porque la fama de un torero grande tiene ese algo como de droga que atonta el razonamiento y emborracha y ahoga la libertad de quienes le rodean. Menos ante Amalia —y qué bien lo sabes—, porque ahí sí que dobla y muere tu torero: en las huesudas y elegantes caderas de Amalia y en los limones que vibran bajo las blusas de todos los colores que la señorita Amalia hace resaltar a propósito, para que nadie pueda decir que ella tiene tan sólo muchísima personalidad. Era novillero aún cuando me contó, sólo por encima, lo de aquella tarde: Se quedó mirándome, Pepito, con la boca entreabierta, oye, como te lo digo, y yo no sabía qué hacer. En el silencio del campo no se escuchaba otra cosa que el regodeo de los dos caballos bebiendo en el arroyo. Fíjate en esas nubes, dijo ella: dentro de poco, tormenta. Pero señalaba hacia los nubarrones nada más que con la mano, porque sus ojos no se apartaban de los míos, tal como si me incitara a la embestida del beso, del abrazo y de lo que fuera... Pero no: Goyo no se avanzó, y no hizo mal, ni mucho menos, porque, después de un par de relámpagos, empezó a llover, y Goyo... Me quité la chaqueta y se la eché encima, por la cabeza, para librarla del agua que caía cada vez con más fuerza. Y ella se dejó arropar contra mi cuerpo, y con la mano izquierda le cogí la barbilla y la besé como nunca he besado a las mujeres, sin fuerza, ¿comprendes?, sin poderío, falto de mando, con la suavidad que uno tiene cuando se saborea el principio de la ilusión más enorme de nuestra vida. Amalia se escapó de mí a mitad del

24

beso: Qué mal besas, Goyo, parece mentira que no sepas... Y tiró en el barro la chaqueta de Goyo, se montó en la jaca, miró al torero como a un chiquillo y se fue hacia el caserío, a trote corto, sin volver la mirada hacia el juguete famosillo que le seguía a caballo... Pero ya se enterará esa señoritinga de quién soy yo cuando tome la alternativa. Me la veo venir, como si lo viera, Pepito, esto no falla porque tú sabes, hasta mejor que yo, que no hay ambición que se me resista... Y en las noches de mucho beber: cabrona Amalia, putita Amalia, ya verás lo que es bueno... Acuérdate de esto que te digo, Pepito, acuérdate bien: llegará la tarde o la noche en que Amalia vendrá a la casa del matador con la boca babeando las cachondas espumillas de las vacas locas por el semental. Y este torero le dirá a una criada: que pase la señorita Amalia. Y, entonces, óyeme bien esto, Pepito, me encontrará mordisqueado por cuatro o cinco o seis mujeres desnudas. Y yo le gritaré sin piedad: Éstas son carnes, Amalia, éstas son caderas y no las tuyas, so huesuda. Vete, Amalia, que te vayas te he dicho. No, por favor, no te abras la blusa. Ya no me sirves... Pero al final de todos los paseíllos, levantaba los ojos con un mal disimulado nerviosismo que yo entendía de sobra: ya la está buscando, quiere hallarla por su cuenta, pero por fin acabará preguntándomelo a mí, sin nombrarla ya, vieja costumbre: ¿Ha venido?... Si era que sí, ni siquiera me preguntaba por el tendido. Cerraba los párpados como quien cierra los puños hasta clavarse las uñas en las palmas de las manos. Si le decía que no la localizaba, Goyo me miraba y, después, en plena lidia, parecía un detective investigando rostros por las entradas de sombra... Y más de una noche, en cualquier hotel de toreros de tal o cual feria, tendido ya sin luces, pijama azul, o verde, o rojo color sangre, te llamaba Goyo: siéntate ahí, Pepito, y dime con quién estaba... No sé, no lo conozco... ¿Era un ganadero?... Que no, que no lo sé. ¿O quieres que te suelte una mentira?... Yo no es que la quiera, Pepito, no, yo no la quiero, estoy seguro, créeme. Lo que me ocurre con Amalia, pues no sé cómo explicarlo. Es delgaducha, no es mujer para la cama. Pero ¿sabes lo que pasa? Que la odio. Y por eso mismo la deseo. Y la odio porque ella es hija y nieta y bisnieta y tataranieta de los amos de las vegas, de los olivares y de los toros. Y me mira a mí como a un recién llegado a ese mundo de los poderosos de la tierra... Tú, Goyo, no podrías vivir lo suficiente para llegar a ser un auténtico señor de la labranza. Quizá tus nietos o los hijos de tus nietos... Mira, Pepito, mira bien: la echaría aquí sobre esta cama, y después de quitarle toda, toda la ropa, la echaría al pasillo de este hotel y daría voces para que todo el mundo la viera, esquelética, blancucha y echada por mí de mi habitación, sin darle el placer que buscaba... Mientras tanto, tú, Pepito, ponías una cara de perro callejero que necesita un amo, el que sea, los palos no importan, un amo, alguien que le mande, que le eche el pan, un dueño que le dé una sombra... Yo soy el perro de don fulano de tal, marqués de cual, yo soy el perro de un tío gracioso, yo soy el perro de un criminal temible, yo soy el perro de un torero famoso... Un día me dio una bofetada porque yo le había dicho: Goyo, ándate con cuidado, bebes demasiado y te noto un poquito más gordo... Vaya, Pepito, vaya... ¿Pero tú te das cuenta de lo que dices? Pero si eso es como escupirle a un torero en plena cara... Conque estoy un poquito más gordo, ¿no?... Y el bofetón, sangre en el labio partido, asco en la boca, memoria turbia... Toma y límpiate la sangre. Pañuelo de torero, pañuelo perfumado del bolsillo de arriba del torero... Goyo... ¿Qué?... Me has pegado, Goyo, nunca esperaba eso de ti... Olvídalo, puñeta, y no me llores, porque me molesta, ¿comprendes?, porque me irrita y me repugna eso de ver llorar a un hombre... Es que tú eres para mí como un hermano, Goyo, de verdad, como un hermano... Te echó de la habitación, a empujones: perro sarnoso, desagradecido... Pero como esta misma noche, de un momento a otro, llegará Amalia, el torero sube y baja escaleras, grita desde los ventanales hacia la plaza de tientas donde lo preparan todo para una laguna de sangre con novillos y perros y ovejas y caballos y hasta pavos. Don Joaquín se ha ido: Que lo apodere su madre. Oye, tú, don Joaquín, enciéndeme el pitillo. Venga, tú, don Joaquín, sirve para algo útil, dime qué hago yo contigo, porque llevas unos años que no haces más que echar la firmita en los contratos y abultarte los bolsillos con millones que a mí me cuestan sangre. Y no me digas que no: ocho cornadas, tú, don Joaquín, ocho costurones, ocho firmas, ¿estamos? Si quieres, para refrescarte la memoria, te enseño las ocho ocasiones de muerte. Mira esta del cuello, que me dejó sin nuez, ¿y qué me dices de la de aquí, bajo la tetilla izquierda, la cornada a punto de reventarme el corazón como si fuera una pompita de jabón?... Que lo apodere su madre, Pepito, o sus muertos, o quien sea, ya no lo aguanto más ni un minuto... Suena el motor del coche entre acelerones de rabia, luces altas contra la oscuridad verdosa de los olivos... Y, de repente, otras luces de potentes faros que vienen y que piden cruce. Suena hasta provocativa y hasta duele la bocina del automóvil que se acerca, mientras el de don Joaquín remonta ya la loma de los eucaliptos. ¿Y si chocaran? Me imagino a don Joaquín agonizando. Goyo al volante de su descapotable rojo, a todo correr hacia el hospital del pueblo: vaya un tío latoso éste. ¿Qué, tú, don Joaquín, qué piensas ahora del peligro de muerte? Acuérdate, don Joaquín: No, Goyo, ya sabes, desde que se inventó la penicilina... Pero no. Ya se cruzaron los dos coches en el alto, y sigue sin dejar de sonar ni un solo instante el claxon irritante del que viene. Goyo aparece en el ventanal y grita: Tú, Pepito, no te duermas, será ella, tiene que ser ella, porque nadie se atrevería a llegar a mi finca tocando la bocina de esa forma. Los de la cuadrilla han acudido a la esplanada, todos en silencio, pegados contra la pared de por debajo del ventanal mayor donde Goyo es todo él mirada nerviosa, mirada de alguien que está entre la vida y la muerte... Y el frenazo final del cochecillo utilitario azul... Sí. Ya llegó la señorita Amalia: ¿Qué te pasa, Pepito?

Estás como asustado. ¿Y tu maestro? ¡Parece mentira! Y yo que me había figurado que el torero histórico estaría esperándome aquí ante su palacio... Yo intentaba decirle con los ojos que Goyo estaba allí arriba sobre la puerta grande escuchándola. Y hasta estoy seguro de que se dio cuenta, pero... Tu torero es un desagradecido, además de ser medio analfabeto y además de ser un soberbio hasta la mismísima indigestión de soberbia. Pero, bueno, ¿pero qué hace la cuadrilla ahí encogida contra la pared? El banderillero Carmelo se llevó un dedo a la boca mendigando silencio y con el mismo dedo señaló después hacia el balconaje que tenían encima. Amalia ha levantado sus ojos de aguililla con el tiempo justo de ver cómo Goyo se retiraba de la baranda. La sonrisa de Amalia se ilumina de travesura y, como si fuera una niña perdida en el bosque durante un cuento de hadas, llama al torero una y otra vez con la voz como distante, alargando guasonamente las sílabas: Goooyooo... Gooooyooo... Goooyooo. Risillas de revancha entre banderilleros y picadores: hoy sí que lo vamos a pasar de lo lindo. Fíjate en la manera de mirarlo todo, en plan de reina, toda ella resaltada por su eficacia en el desprecio... Ya está bien, Pepito: dile a Goyo que o baja a todo correr o me voy por donde he venido. Y ya verás cómo baja el muy cobarde —y alzaba la voz— porque me está escuchando. Estoy segurísima... Y apareció el torero Goyo por la puerta de la finca: Amalia, muchas gracias por haber venido. Tú no puedes ni imaginarte lo que supone para mí... Los de la cuadrilla se escurrieron por la puerta del sótano. Pepito se queda muy serio. Suben Amalia y Goyo por la gran escalera de mármol. Ella, tan delgada, cuello largo, perfil atacante, y él tostado y tosco, sin saber qué hacer con las manos, enredado como un mosquito en las palabras de ella... No sé cómo explicarme, Pepito: ¿te acuerdas tú cuando de chavales nos metíamos en los coches vacíos de los dos o tres ricos del pueblo, para ponernos a olfatear como locos aquella mezcla de olores? Olor a cuero de asiento, a gasolina y a esencia de señora imponente que enseña encajes negros cuando cruza las piernas. Pues Amalia, Pepito, Amalia, ¿cómo te diría yo?, pues que se pone a hablar y que cada palabra suya me huele a todo aquello mismo de por dentro del coche de un tío rico, y a mucho más, claro, Pepito, a perfumes muy raros que no se venden en las perfumerías, perfumes naturales que hereda esta gente rica hasta cuando se ponen a sudar... Y aquella manía suya desde la alternativa: me voy a duchar otra vez, o mejor será un buen baño... Pero no te pases de limpieza, Goyo, no te pases... ¿Que no? ¿Qué sabes tú de todo eso de los olores? El otro día, a la hora de la verdad, me dijo la bailaora de un tablao: Me gusta estar contigo, porque, aparte de ser famoso, todavía te huele el cuerpo a pobre... Desde la placita de tientas llegan alborotos a borbotones. Cincuenta pavos en sus jaulas, treinta ovejas en el corralillo, cuatro toros y cuatro hermosas vacas lecheras, para que, en el espectáculo nocturno del Goyo que mató a un niño con su descapotable rojo, no falte ese detalle de la cornada en las tetonas lecheras, para que la sangre se alivie un poquito con la blancura pastosa de los quesos. Ya están encendidos los grandes focos. Brilla como el oro el albero del redondel. Pero, si se escarba un poco, se encuentra otra capa de arena bañada y teñida por las sangres animales del anterior desahogo. Sangre ya morada, sangre tapada con albero nuevo, pero que sigue viva, aunque pudriéndose, la sangre tremenda del cuajarón...

Tiene una timidez venenosa, agua podrida en su mirada rastrera de ambicioso que lo ha conseguido casi todo, menos... A su lado me valoro como un diamante que Goyo no puede comprar, igual que si yo fuera el triunfo que nunca pudo conseguir ni en los ruedos ni fuera de los ruedos... ¿Qué te parece todo esto?... Miro sin prisas: los muebles son caros, hay jarrones de valor por las mesas, y lienzos de buenas firmas por las paredes. Sí. Se nota el exquisito gusto de un decorador en todos los detalles... Pero aquello, todo aquello, no es Goyo. O, mejor dicho, es precisamente Goyo quien desentona en aquel escenario... Bonita sala, le digo: ¿pero no te sientes algo incómodo entre tantos cuadros y muebles y luces y porcelanas y cortinajes de colores raros?... Duda unos instantes: ¿Por qué me preguntas eso? Le tiemblan un poco las manos, dedos fuertes y finos, casi infantiles, dedos ingenuos que mataron cientos de toros y que recorrieron tantos caminos de lujuria... ¿Por qué me preguntas eso, Amalia, por qué? Yo me callo y recuerdo aquella confidencia de Javier el arquitecto, amigo suyo y mío, tres o cuatro días después de su alternativa: Quiere que me vaya a su pueblo y que proyecte una casa nueva, lo más alta posible, encima de la misma casa de sus padres, pero respetándola. Sobre todo, la cocina, tal y como está, lo mismo que estaba cuando mi padre venía de arar y se emborrachaba un poco en esa mesa, en la mesa que hay que conservar, lo mismo que hay que conservar el sillón aquel tan despintado y roto que llegó hasta la cocina de mi madre lo mismo que un desperdicio de grandezas... Y también la tinaja del agua, y el lebrillo rasposo del gazpacho, y las frases contra la injusticia que mi padre, con hermosas faltas de ortografía, dibujaba en la pared, por debajo del nivel de su almohada... ¿Qué tal tu madre, Goyo?... Allá sigue, en el pueblo, ya le he dicho que se venga conmigo y no hay manera. Le mando dinero y me lo devuelve casi todo. Voy, la abrazo y hasta me mira con odio... Amalia se deja mirar y desear: dame un vaso de tinto. Busca y rebusca el torero por entre los cristales botelleros del bar. ¿Qué, Goyo, no tienes tinto en tu casa? No, por lo visto no, pero para ti busco yo vino tinto hasta debajo de las piedras. Déjalo. ¿Para qué? Dame lo que te dé la gana. Y qué torpe al abrir la botella de cerveza y cuántos temblores en los dedos al echarla en el vaso, y qué muecas, descoyuntando, uno por uno, sus intentos de alegría serena y dominadora. ¿Qué te parece, hombre? Tú ya sabes lo de ayer, Amalia: maté a un chiquillo

32

con el coche, quizá sea eso... Busca y rebusca con sus ojos en los fondos últimos de mis ojos. Se ha sentado respetuosamente en el mismo sofá donde estoy sentada. Casi puedo escuchar cómo cruje la sangre de su soberbia bajo esta angustia de timidez que yo le provoco. Quiere decir algo y no puede. Se muerde los labios para sujetarlos, porque se le desbocan en nerviosismo como potrillos locos... Yo, Amalia, quisiera decirte que... Bueno, Amalia, yo... Se ha puesto de pie, vuelto de espaldas. Hasta es posible que esté llorando, pero no siento ni tanto así de compasión por él... Oiga usted, don Raimundo: de ahora en adelante, el mejor negocio que puede hacer usted como ganadero será vender todos sus bicharracos mansos en una gran carnicería propia... Todavía de espaldas, con la voz rastrera, indaga el torero: No podrás perdonarme nunca mi desprecio por los toros de tu padre. Pues, ya verás; aquello fue cosa loca de los pocos años, del llegar a la gloria demasiado joven... Lo cierto fue que en aquel entonces mi padre envejeció de repente. Aunque, por lo pronto, respondió con ironías al ataque de Goyo, terminó por obsesionarse hasta el punto de soñar con una gran casta de toros colorados, del mismísimo color de una candela, para quemarles la mirada a los toreros nada más abrirse la puerta de los sustos. Y apuntilló por cientos las vaquillas, siempre con el odio apuntando contra aquel sarcasmo del torero grande. Un semental y otro y otro al matadero, entre tantas y amordazadas prisas, como frenando las pesadas leyes de la naturaleza. Pero Goyo, no. La fama

y la fortuna de Goyo marchaban a doscientos por
hora. Y hasta se permitía sus propinas de guasa:
Para cuando el bueno de don Raimundo llegue a
conseguir un toro del color de la candela, seguro que
lo lidia un bisnieto mío... Hasta que su chulería se
quedó pasmada: diecisiete años acabados de cumplir... Tienes la edad en la boca, chiquilla. Eres delgaducha y no sé cómo, pero has nacido para mí y
nos vamos a comer a cachitos, tú y yo. Si quieres, ya
verás, tenemos horarios de aviones para vernos en
Madrid, a querernos a todo gas, y te devuelvo a tu
casa sobre las diez de la noche... Hora de colegiala
buenecita, ¿no?... Qué distinto aquel Goyo: cuánta
fuerza de rebelión en su forma de mirar a la niña
rica con su fama recién estrenada y bien en punta
para pinchar mi bachillerato y mi decencia como si
fuera un globo de colores... Y, ahora, al cabo de
los años: Mira, Amalia, no sé cómo decírtelo. Yo,
ya lo ves, tengo de todo, he trabajado hasta en el
cine, mi casa es bonita, soy popular, muy popular,
y, después de tantas barbaridades, a mis treinta y dos
años no me puedo quejar en cuanto a salud, pero...
Por favor, Goyo, no me vayas a contar tu vida...
Amalia, es que yo... Nada, Goyo, ¿sabes lo que yo
espero de ti? Pues eso, sólo eso: que sigas empeñado
en conquistarme... Es que yo te quiero... No digas
tonterías. Tú me necesitas... ¿Para qué?... Para re-
dondear los sueños de tu ambición. ¿Un poco más
claro? Buscas mi cuerpo debajo del tuyo, el nuevo
rico de la fama que somete y acogota a la niña aquella que llegaba a la venta de tu abuelo Gregorio

y te mantenía alejado con una mirada que casi era una mano echada hacia adelante en ademán de dominante desprecio... ¿Qué hay, Gregorio? ¿Cómo marchan tus galgos? ¿Aprendieron ya el inglés?... No, todavía no, don Raimundo, pero todo llegará: algún día celebraremos juntos el aprobado en inglés de mi galgo «Pitiqui» y la vuelta al ruedo de su primer toro color de incendio. ¿Tienes novio, Amalia?... Novio, lo que se dice novio, no. ¿A qué viene la pregunta? ¿Es que quieres casarte conmigo?... Suda a chorros la frente del torero. No con sudor de un calor corriente, sino con ese otro sudor que provocan los choques interiores de la soberbia y el desengaño, la costumbre del triunfo que se estrella en la desesperación, cuando aquello tan soñado se mueve, ahí mismo, con la insolencia de lo imposible... Goyo ha tirado el vaso contra la alfombra y no se ha roto. Rebotó en la blandura rojiza y rodó por debajo de un mueble antiguo. Goyo ha cerrado los ojos. Se está comiendo los adentros. A dentelladas de comparación, seguro, segurísimo: eres idiota, hombre, no pierdas tu postura, te sobran mujeres, no dejes que te tome el pelo la señoritinga, porque no vale un pepino como cuerpo y, además, ya ves cómo juega contigo. Pero bien se nota que no puede librarse de mí. Abre los ojos. Y sonríe como uno de esos niños que regresan a la obediencia después de haber intentado las más atrevidas rebeldías... Ven aquí, me ha dicho. Abre una de las anchas ventanas del salón. Mira. Y allí abajo, la plaza de tientas del gran Goyo parece una joya bajo la iluminación perfecta: color carmín de lápiz de labios la barrera, de oro exagerado el pequeño ruedo. Y, hacia la derecha, en la cal de los corrales, los relinchos, los balidos, los glo-glo estúpidos de los pavos, las vibraciones que los toros trenzan y destrenzan sin descanso hasta que encuentran puerta abierta en la pesadilla de su fiereza... ¿Qué, Pepito, cómo anda eso?... Listo, para cuando quieras... De pie sobre los muros de los corrales sonríen como fantasmas los hombres de la cuadrilla. Goyo me busca los ojos, pero, sin cerrarlos, no se los entrego. Me dejo asombrar y ganar por todos los sufrimientos animales que suenan y se revuelven en los corralillos... Cuando quieras, Amalia. Vámonos a la presidencia del espectáculo... Junto a la ventana misma descorre toda una pared de madera, con un cuadro y todo. Y se enciende una luz rojiza sobre una estrecha escalerilla de caracol. Todo como en los castillos de las películas de misterio. Aunque sin telarañas ni verdina. Por el contrario, escalones con alfombrilla rabiosamente violeta y graciosos toritos pintados por la pared en rizo. No sé por qué presiento que Goyo ha debido utilizar esta escalera como resorte final de muchos de sus caprichos. Cuidado, Amalia, no tropieces, que los escalones son pequeñitos. Al decirme eso me ha puesto su mano en el hombro, mucho más cerca del cuello que del brazo, mano sudada por el deseo, mano de sobra acostumbrada a colocar los dedos en su sitio y en el momento justo, mano de experto mariscal de la lujuria... ¡Las manitas quietas!... Y él no ha dicho palabra. Retiró su mano. Y yo la echo de menos.

O, mejor dicho: son los nervios más escondidos de mi cuello los que parecen protestar por la repentina falta de esa fiebre que sólo tienen los atrevimientos... Y ya estamos en el palco presidencial de la plaza de Goyo. Los altos reflectores lo iluminan todo mejor que el mismísimo sol. Tras la baranda de herraje sencillo, tres grandiosos sillones de terciopelo rojo y madera dorada... Siéntate, reina... Son asientos de altar mayor de catedral. Acaricio el dorado. No, no se trata de una imitación. Hasta el terciopelo de los asientos y respaldos se me enseña pelechón y antiguo, olor a cera. ¿Te sientas?... Sí... Ya estoy sentada, ¿no? Pero dime una cosa: ¿dónde has comprado estos sillones?... Me los vendió un anticuario. Ya sabes: llega un buen decorador y lo proyecta todo. Después, como el dinero es el dinero, resulta que el decorador termina por superarte a ti mismo, hasta en eso de adivinar las cosas que tú, sin tan siquiera saberlo, deseabas tener en tu casa... Si vieras, Amalia, lo que yo disfruté aquel día, cuando volví de mis corridas de América y me dijeron, allá en Barajas: Ya está terminada la plaza de toros de tu finca... Y, oye, al llegar y ver todo esto que estamos viendo, nada me sorprendió tanto como estos tres sillones de obispos o de cardenales colocados aquí en este palco... ¿Eres ateo?... No, Amalia. Creo que no soy ateo. Cuando tenía yo unos ocho o nueve años, fui monaguillo, a cazar las perras de los padrinos en los bautizos... Y me impresionaban, que no veas, aquellos sillones tan grandotes y aquellas casullas... Oye, a propósito: ¿sabes tú que siempre que me visto para torear me acuerdo de las casullas del cura de mi pueblo, y que hasta estuve tentado de mandarle una vez un traje mío de torear para que se luciera en la misa mayor de la Patrona?... No tengo palabras para responderle. Me faltan razones limpias para decirle a Goyo que es culpable de esto que me duele ahora mismo, por culpa de este asiento de catedral en el que estoy sentada: Ten cuidado, Amalita. En el colegio interno, la hermana Teresa me tenía mucho cariño... Eres casi igual que yo... Ten cuidado, hija... La hermana Teresa había llegado a la comunidad con su vocación de treinta años largos, modales de elegancia nunca vencidos y un inconsciente resto de coquetería en sus pestañeos frente al recuerdo... Toma, Amalia, este pañuelo. Cuando quieras, lo levantas al aire y empieza el espectáculo de la sangre... Primero saldrán cuatro vacas lecheras que a cosa hecha no han sido ordeñadas, y treinta ovejas, y veinte pavos... De nuevo la mano lujuriosa de Goyo. Esta vez sobre la barbilla... ¡Oye, tú! Y, después, cuatro novillos que salen de golpe... Y, un poco antes de que las cornadas terminen con los bichos inocentes, cuatro potros al redondel, para que sus relinchos de muerte me den más ganas de vivir y, por qué no, Amalia, porque odio al caballo, a los caballos todos, cuanto más perfectos, más... Porque, no sé cómo decirte: los caballos, por mucho que los montes, siguen siendo animales señoritos, y no se encuentran a gusto si el que maneja las riendas viene de abajo, sin que importen sus millones. Putos caballos, Amalia, putos caballos... Yo levanto el pañuelo y suenan voces, crujen portones, salen las cuatro vacas de enormes ubres, y las treinta ovejas y los cien pavos... Me emociona profundamente esa lentitud de la inocencia... Por favor, Goyo: déjalo todo así. Fíjate cómo se acercan los pavos a las ovejas y las ovejas a las vacas... Ni me contestó. Grita hacia los corrales: ¡Pepito, venga ya, la tela de los cuernos!... Y el portazo seco, y los cuatro bufidos, y los negros pavos encima de las vacas, hasta que las vacas mueren desangradas por las mismas tetas, y las ovejas que corretean el ruedo hasta que se resignan como dormidas ante tal torbellino de cornalones. Se callan definitivamente las vacas y las ovejas. Pero los veinte pavos desconciertan el poderío de los novillos... Levanta el pañuelo, Amalia, que los toros se aburren... Yo me quedé quieta... Pepito: el plato fuerte, abre la puerta de los potros... Salieron como culebrinas igual que locuras que se sueñan, ignorancias grandiosas de la juventud ante el destino... Y qué furia esa de los cuatro novillos contra la diablura de los potros. Se quedaron los pavos tranquilos, como raros buitres acoquinados junto a las vacas y las ovejas muertas. ¡Qué remolino de galopes y cornadas! Fíjate, Amalia, escucha cómo relinchan los potros, cómo huyen, igual que señoritos, lo mismo que esos novios que te salen y no te gustan, porque lo que tú necesitas... Y esta vez, la mano de Goyo me había cogido una mano... Me das hasta risa, Goyo, suéltame... Pataleaban su agonía los cuatro potros. Se miraban y se remiraban los cuatro novillos... Fíjate, Amalia, fíjate bien en eso: ahora, los toros, después de tanto matar, se liquidarán entre ellos. Y todo esto, ¿para qué?... ¿Que para qué? Para despegarnos del aburrimiento de todos los días. ¿Has visto tú en tu vida un trozo de tierra con tantos animales muertos?... ¿Y para qué, Goyo, para qué? Para que tú te vuelvas loca, Amalia, para que se te abulten de locura los labios y los deseos... ¡Pero qué soberbio eres!... ¿Sí?... Se fue hacia un rincón y me ofreció un rifle: mata, uno por uno, esos cuatro novillos, y después ya hablaremos... Los toros estaban como locos. Olisqueaban en las agonías suaves de las ovejas y en los pataleos finales de los caballos rajados por la barriga. Y negros, desesperadamente negros, los pavos todavía vivos, con sus cabezas rojizas bajo las alas... Venga ya, Amalia; apúntale a ese que encampana su cornamenta con una soberbia de persona importante... Ya lo tengo a tiro, toda la negrura de su frente a la espera del dedo del gatillo... Y pum, y cuatro patas rígidas, y cuernos que se agitan hacia lo alto, y rabo que se encoge tras una culebrina... Otro tiro, Amalia, pégale otro tiro, túmbalo cuanto antes, no dejes que se ría de ti... Pum, pum, pum... Así está bien... Y, ahora, mata a ese otro, al chulo torito ese que después de hincharse de acornalar ovejas se ha cagado de satisfacción encima de las vacas muertas... Gracias, chiquilla, por hacerlo, y déjame el rifle para yo encargarme del último novillo que resta en esta matanza... Se ha descolgado Goyo desde el balcón de la placita. Ya está pisando lo poco de ruedo que se libra aún de la sangre. Apoya Goyo

40

el rifle en su hombro derecho. ¡Je! Y suena el primer disparo... Se desconcierta el bicho, cambia de dirección, brama y brinca... Amalia: le acabo de arrancar de un balazo el ojo izquierdo... ¡Je, toro, je!... Otra vez embiste hacia el torero... ¡Pam, pam! Ha dejado que llegue el novillo hasta casi encima de él... Y el tiro no podía fallar: Amalia, ya has visto, le he reventado el ojo derecho, lo he dejado ciego. Fíjate el baile que se organiza el muy cabrón, no se resigna, intenta matar de nuevo las vacas, los caballos, las ovejas... Pero, por favor, no te pierdas esa cara de toro martirizado al que no quiero rematar todavía, porque me interesa conocer hasta qué punto son bravos, y de qué manera comienzan a ser cobardes... ¿A dónde vas, Amalia? Tengo que irme ya... Te perderás lo mejor... Espera, mujer, no te largues precisamente ahora... Baja y pisa con los pies descalzos los cadáveres de las ovejas, de los potros, de los novillos...

Nunca había visto yo morir así, ni a un toro ni a ningún otro animal: toda la sangre desbocada por los ojos, y las patas todavía fuertes, la bravura intacta, pero sin saber a donde ir, astilladas las puntas contra el suelo y los muros, hasta que se echó resignado, y yo me fui hacia su cabeza, y le acaricié la frente... ¿Qué haces, Carmelo?... La voz del matador sonaba a castigo... Te he preguntado a ti, no te hagas el loco. ¿Qué haces con ese toro?... Lo

41

acaricio antes de que se muera. Pero si te parece mal, perdón, maestro, porque ya sabes de sobra que yo te he sido fiel desde el principio... ¡Qué cobarde, tú, Carmelo, al volver tus espaldas al toro ciego que agoniza!... Grítale a Goyo lo que piensas. Pídele que te deje apuntillar de una vez al novillo ése que está perdiendo la vida por los ojos... Pero tú no te atreves: Goyo me está convirtiendo en millonario. Después de todo, ¿qué más da que un animal muera de dos estocadas o de dos disparos en los ojos? Goyo se ha encarado conmigo. Oye tú, banderillero de la mierda: si quieres, te dejo que le des un besito al toro ese, porque a lo mejor te deja en herencia su buena cornamenta. Es un decir. Oye Pepito: saca del burladero las botellas. Destapa antes de nada una de champán. Dámela... Y tú, Carmelo, ayúdame: coge por los cuernos al novillo y échale la cabeza hacia atrás. Así. Muy bien... Ábrele bien la boca, Puñeto... Y Goyo, después de agotar un poco la hermosa botella, comenzó a echar la dorada espuma hacia la garganta del bicho... ¿Contento, Carmelo? Tu querido novillo ciego se va a morir nada menos que en plena borrachera de champán... No digas eso, Goyo, me entendiste mal, a mi qué me puede importar este bicho... Venga —decía Pepito—, ahí tienes esta botella de coñac francés: acaba de emborrachar a tu toro predilecto. Y tuve que coger la botella de coñac y vaciarla sobre la boca ya totalmente abierta del novillo, a conciencia de que lo estaba apuntillando por dentro, pero con miedo todavía ante las ocurrencias posibles del mata-

42

dor... A toro muerto, torero puesto. Goyo se fue a sentar nada menos que entre los cuernos del novillo que agonizaba con borrachera... Tú, Pepito, lárgate por el tocadiscos. Hoy, muchachos, la vamos a coger de las grandes. ¿Y qué es eso que se mueve allá al fondo detrás de los caballos muertos y las vacas muertas y los novillos muertos? ¡Ya! Claro está: los pavos, los listillos pavos... ¡A ver, Puñeto, so bestia, agárrame uno por uno esos pavos, arráncales la cabeza y manda sus pechugas, nada más que sus pechugas, a los centros benéficos de la ciudad! Pero Goyo, sentado sobre la testuz del toro moribundo, no podía resistir tanta tristeza. Fracasaba en la chulería con que manejaba los cuernos del animal que todavía echaba por la boca sus últimos ruidos de vida... Vaya, por fin, Pepito, eso: vino, champán, buen chorizo, jamón... Llama a los que se juegan la vida bajo el sol, entre los surcos, o por noviembre con los fríos morados del ordeñar los olivos. Rompió la garganta de una botella de champán en un seco golpe contra el pitón del toro ciego y, después de bañarse el rostro de espuma, se dio un paseo sobre los cadáveres, remontando los montes de las barrigas de los caballos, de los toros y las vacas, para descender luego hacia el valle enrojecido de las ovejas y los pavos... Yo os bendigo, muertos míos, con la espumosa bebida de los ricos... Y salpicaba champán sobre tanta sangre con un tono de cachondeo inaguantable... Yo me acordé repentinamente del entierro de mi padre: el ataúd a la puerta de la parroquia y el cura echándole agua bendita... ¡Goyo, cabrón!... Ni siquiera sonaban los pavos que estaban todavía vivos... Goyo se acercó a mí, hasta casi juntar su frente con la mía: Me parece, Carmelo, que me ha fallado el oído y que me ha parecido que has dicho una cosa que no has dicho en realidad... Por lo pronto, le puse la mano abierta sobre el pecho y le aparté de aquella postura de dominio. Sí, Goyo, te he llamado cabrón, y no me arrepiento... Pero si yo soy soltero, so vaina, si yo soy soltero... No pude contenerme: Soltero, porque la señorita Amalia te está toreando desde hace un montón de años... Se revolvió con el calambre seco de los alacranes: Oye, tú, Carmelo, pregúntale a tu mujer, pregúntale a tu Lolita, por una tarde que vino a mi casa a decirme que tú te habías echado una amiguita, y ella, ansiosa de venganza, me miraba con fijeza... Pero yo me resisto siempre para que no le salgan cornamentas a mi cuadrilla... ¡Canalla, mentiroso, degenerado!... Me rechazó al abalanzarme contra él. Pero allí estaba aquella botella de cuello roto, cristales como fabricados para el odio. Y los disparé contra sus ojos, loco yo por convertirle en torero ciego, para sentarme con mi odio encima de su frente, mientras agonizara, y beber champán, para darle también tragos de champán en su agonía... Pero sonaron gritos, se abalanzaron sobre mí los compañeros de cuadrilla, y El Puñeto me agarró por la garganta: no te muevas, Carmelo, o tendré que dormirte de un puñetazo... Un gran borbotón de sangre me calienta la espalda y termina por dispararse hacia arriba, hasta enrojecer la cara cuadrada y dura del Puñeto, que ya afloja el ahogo de sus manazas, porque Goyo estalla en gritos de soberbia : A ver, muchachos... ¿Qué hacemos con este asesino?... Se dio un paseo de monstruo sobre las barrigas rosadas de las vacas muertas, saltando sobre las patas tiesas de los potros con algo de vida todavía, y después de lograr el silencio servil que él esperaba, se volvió a sentar en la testuz del toro ciego, igual que si ocupara el sillón de una justicia definitiva... La falta de ruidos era tan total, que hasta se escuchaban los estertores de las ovejas y los cobardes aletazos de los pavos que se hacían los muertos... ¡Pepito!... Aquí estoy, maestro... ¿Lo has presenciado todo? ¿Has escuchado el insulto de Carmelo?... Sí, claro que sí... Repítelo, palabra más o menos... Pues ha dicho, en fin, ha dicho, algo así como que la señorita Amalia se estaba cachondeando de ti... No, Pepito, no : Carmelo dijo que Amalia me está toreando a mí desde hace un montón de años. Y, entonces, yo, pues le he dicho a mi banderillero una cosa que a él no le ha gustado... Te voy a matar, so chulo... El Puñeto me ha cruzado los brazos a la espalda. Crujen mis costillas. Siento como en carne viva la garganta. Quisiera poder gritar todas las palabras que ofenden y humillan, pero toda la voz se me queda como ahogada y enronquecida por la penúltima sangre de la dignidad... Y ya me diréis lo que tengo yo que hacer con un subalterno que me ha querido matar con una botella rota... ¿Llamo a la policía?... ¿Presento una denuncia por intento de asesinato? No. Nada de eso, Ya sabéis cómo soy yo... Y os mira a todos los

45

de la cuadrilla con un desprecio casi sobrehumano, en plan de hombre convencido de que acaso no llegue a morir nunca... Tú, Pepito, enchúfale en la boca a Carmelo una botella de coñac francés, que bien que le gusta, y llévatelo a dormir... Hasta me dio unas palmaditas en el rostro: Venga, hombre, que interpretas la mar de mal las palabras. Me has ofendido y yo no podía quedarme así como así, ya entiendes... Pero El Puñeto, manos casi animales, de picador, continuaba su duro servicio de cruzarme las manos en la espalda... Tan sólo con mis ojos podía defenderme y ofender. Por vez primera me sentí tan desamparado y mudo como un bicho. Casi como un toro... Sí: como un toro, porque Goyo... ¿Pero cómo no he caído antes en eso? Goyo, el hijo de puta de Goyo, domina a la gente, pues eso, igual que domina a los toros... Venga, Puñeto, suéltale ya... Y te volvió la espalda, lo mismo que en un desplante de ruedo, en un alarde chulesco de dominio sobre el enemigo, tú en este caso, Carmelo, sí, tú, banderillero de postín, quieto como un toro hipnotizado por el poderío de sus habilidades... Venga, hombre, te dijo volviéndose dispuesto a lidiarte de nuevo, si era necesario, no seas tonto y no te dejes llevar por el amor propio, que eso no se cotiza en las ventanillas de los Bancos. Piensa en esto que te digo, Carmelo: dentro de unos meses quizá me dé la ventolera por aceptar este año los millones de la temporada americana. Dólares, ya sabes tú, dólares. Recuérdate del chalecito de tu pueblo, en el pinar, con piscina y todo. ¿De dónde salió? De Lima, de Bogotá, de

Caracas, de Méjico... Que eres millonario, Carme-lo, que te has hecho rico a mi sombra. Y tú, para que veas, no me permites ni siquiera que yo me de-fienda contra un insulto tuyo, aunque sea mintiendo. Porque yo, y clávate bien esto entre las cejas, me puedo permitir el lujo de saltarme las verdades a la torera. Soy un tío con fama mundial, ¿entiendes? Me respeta el mundo, se me cuelan los dineros del mun-do en los bolsillos y las mujeres famosas en mi cama y ni la cabrona de la muerte se atreve a hincarme el diente... Lo dicho, Puñeto, enchúfale en la boca el buen tarro de coñac francés y que se duerma... Yo no le di tiempo al picador. Le quité la botella de las manos y bebí con desesperación... Vámonos, tú, vá-monos... Y cuando salimos de la placita de toros, al escuchar un disparo, nos volvimos para ver cómo el torero Goyo apuntaba su rifle contra los reflecto-res, matando sus luces una por una, hasta que el redondel se quedó totalmente ciego. Y le pegué a la botella un nuevo tiento, más largo esta vez, hacia lo hondo, a quemarme los orgullos vencidos, dispuesto a suicidarme con alcohol hasta mañana por la tarde.

Yo no pude dormir. A Carmelo le llegó llorona la borrachera y no hacía más que repetirme que él ha-bía nacido para morir de una cornada, y me nom-braba sus hijos, uno por uno... Pobrecitos, Puñeto, tan pequeños, cúidalos. ¿Me lo prometes? Que es-tudien, amigo, que se traguen los libros y se hagan médicos, o abogados, o ingenieros... Porque, eso sí, Puñeto, amigo mío, a mí me va a matar un toro... Y no un toro cualquiera, sino ese toro que estoy viendo ahora mismo, un toro colorao, muy colorao... Venga ya, Carmelo, por favor: no te dejes convencer por el coñac... Y, como ya amanecía, me fui hacia la plaza de tientas. Vamos a ver cómo resulta ese montón de animales muertos bajo la salida del sol. Abierta estaba todavía la puerta que daba a uno de los burladeros... Porque yo, Pepito, yo soy yo... Apunta bien eso, Pepito: yo soy Goyo, el rey del toreo de aquí de España y el rey del toreo de Colombia, de Venezuela... Del mundo... Y yo me cago en la madre que parió al que diga lo contrario... De pronto, Goyo cayó de golpe contra la cornamenta de uno de los novillos muertos... Y Felipe, Jeromo y Pepito se fueron hacia el matador borracho como si acabara de resultar cogido. Le revisaron el cuerpo con detalle... Hijos de puta los cuernos... ¿Os habéis dado cuenta? Un torero puede morir hasta de cornada de toro muerto. ¿Son o no son unos hijos de puta los toros todos, los de cúchares y los míos, los de antes y los de ahora y los de mañana... Pepito: que los toros son unos animales. ¿Estamos? Unos animales que los ricos nos echan a los pobres valientes para que lleguemos a millonarios si nos da permiso la muerte... Goyo se derrumbó sobre el colchón ensangrentado de las ovejas muertas, después de un titubeo de borracho sobre la panza de uno de los potros... Venga tú, y tú, y tú, vamos a llevarlo a su cama... Y qué miedo, oye, qué miedo al levantar la

48

cabeza de Goyo, al poner un brazo a su espalda, vencido como un niño... ¿Y si se nos despierta, con la soberbia que tiene?... Porque yo, en mi vida me he emborrachado. ¿Y sabéis el motivo? Pues porque nunca necesité beber para echar más valor en el ruedo, ni tampoco a la hora de conseguir mujer sin pagarla, cuando el deseo te estalla como una atómica por las venas, por esas venas de uno que acaba de librarse de la muerte... Pero como todos hemos bebido, pues eso: ya pesa el muy cabrón, dice Felipe... Mira que si se muriera... Oye tú, ¿pero qué burradas dices?... Ya está Goyo en su cama. La ha manchado entera con sangre de ovejas y de toro y de pavos y de caballos... El cubrecama celeste, la almohada color marfil... Todo se ha llenado de sangre, porque la borrachera de Goyo es una borrachera de coñac y de sangre... Pepito se ha sacado un pañuelo del bolsillo de arriba y le limpia el rostro. Después, a todo correr, abre la ventana... Muchachos: venga, con la música a otra parte... Pero, no. Eso no, Pepito, no, por favor. Tú, pues sí: estás acostumbrado a ver a Goyo dormido, pero nosotros, no... Insiste Felipe: Mira que si se muriera. La voz de Pepito se afila como una punta de navaja: Hay que ver las ganas que tienes tú de menospreciar unos millones en plan de banderillero... Pero nadie se mueve. Pepito se irrita: Cuando Goyo se despierte, lo primero que le voy a contar... Se perdía para siempre la voz del mozo de espadas: por favor, un poco de respeto... Pero los subalternos de Goyo no podíamos desperdiciar aquella ocasión y pisábamos alfombras palaciegas, y abríamos armarios con vestidos de mujeres quizás olvidados a cosa hecha y que olían a cachondeo del caro, cornamentas famosas de por medio... Y aquellos muebles tan bonitos, del color de los pasteles... Y otra vez, la voz de Felipe: Mira que si de repente... Que no, que no se muera, ¿estamos? Pepito se engallaba. Pero oye: no estarás tú deseando... Parece mentira, Felipe... Si Goyo lo supiera... Pepito enseña una cara de juez... Felipe le ha puesto una mano abierta sobre el pecho: Oye, tú, cuidadito, que te mato... Y un silencio... Yo me quedo como ido mirando al matador. Tiene los ojos a medio cerrar, manchas de sangre y tierra y pelos de animales pegados en la frente, por las orejas, al filo de la barbilla... Parece un niño, ¿no es verdad? Un niño bueno... Pues sí, Puñeto, llevas razón: esa misma cara tenía aquel novillero. ¿Te acuerdas?... ¿Y cómo no acordarse? Mira, Goyito, aquí tienes al Puñeto. Fíjate qué manos. Venga, hombre, enséñale al maestro la derecha... Dedos duros como ramas viejas de nogal. Fíjate en esos callos, tócalos, parecen montes, oye... Y los dedos finos y aniñados de Goyo rozaban por encima aquellas durezas... Parecen bocas de volcanes. ¿Y no tienen infección por dentro? Todo aquello terminó en irnos a comer juntos a un restaurán de las afueras. Don Joaquín estaba como ido, muy por encima de Felipe, de Pepito, y no digamos de mí... Oiga usted, don Joaquín: si algún día quisieran pegarme, con buenas manos contamos, y señaló las mías. Don Joaquín miró hacia el techo. Después bebió un poco de cerveza... Perdone usted, don Joaquín. Si le he molestado en algo... Pero el apoderado ni le contestó. La comida se puso en son de velatorio, y don Joaquín pagó la cuenta sin esperar a que pidiéramos café... Y, sí, Puñeto, llevas razón: ese Goyo borracho que Felipe y tú queréis mirar detenidamente se parece muchísimo al muchacho ingenuo que te apreciaba como guardaespaldas, sin pensar todavía en tu oficio de aliviador de bravuras... Vamos, venga, que ya está bien... Pepito nos empuja fuera del dormitorio. Pero Felipe se zafaba: Que no que no me voy... Se coló en el cuarto de baño... Ven para acá, Puñeto, y huele este tarro de esencia... Y éste... Y éste... Cuidado, animal, no sea que te emborraches con perfumes y te dé por confundir a Pepito con una de esas maniquís que están en puro hueso, hueso de jamón, claro, para la sopita de antes de comerse un guiso a base de la Loren... Y ante aquel gesto de resignación de Pepito, nos callamos y nos fuimos... Antes de acostarnos en las literas de nuestro sótano, se volvió Felipe hacia mí: ¿Te has dado cuenta de cómo se parecía Goyo, esta noche, al Goyito novillero, buena persona, tan chiquillo él, tan nuestro: Yo sin mi cuadrilla no soy nadie... Te necesito, Carmelo, te necesito, Felipe, te necesito, Puñeto. Estábamos todos como metidos dentro de aquella figurilla fina. Nos dolieron sus primeras cornadas casi más que al novillero mismo. Se nos iba la ilusión por los ojos cuando los médicos levantaban las gasas y se notaba el empuje de la sangre por aquellos trazos de carne rota... ¿Te pica? Sí. ¿Mucho? No veas, Felipe, oye: que se me disparan las uñas... Eso

51

es bueno... Repetíamos hasta mil veces los refranes de la picazón y del sanar... Y, además, aquellas noches en las fondas y en los hoteles maluchos, qué mimos de hijo único antes y después de cada novillada... Pepito, que no puedo pegar un ojo. Dile al Puñeto que venga y me cuente una de esas animaladas que pasan en su pueblo... Y yo iba a borrarle de la imaginación sus primeros miedos, chiste va, chiste viene... Eso: yo, como un tebeo, hasta que lo dormía... Hasta que amasó millones, un par de años antes de la alternativa, y una noche... ¿Cómo fue aquello, Felipe? Ya sé que te lo hago repetir cientos de veces. Perdona. ¿Pero qué quieres que le haga? Necesito oírtelo de nuevo: llegabas tú a su habitación a las tres horas de acabarse la novillada. Cuatro orejas y un rabo había cortado aquel chaval de pijama azul que fumaba pensativo sobre la colcha elegante... ¿Y qué, Felipe?... Pues, ya verás: llegué yo y le dije que El Puñeto tenía dos costillas rotas, y que estaba todavía, muy solo, en la enfermería de la plaza, y que me parecía a mí que había que hacer algo, porque El Puñeto es un sentimental, lo mismo que un niño grande, y que yo me suponía que seguro que estaba llorando... Se levantó con mucha calma, echando el humo del pitillo con mucho cuento... Así es que se han roto dos costillas del Puñeto. Tú, Pepito, coge el teléfono y búscame otro picador para el domingo que viene. Y se echó de nuevo sobre la colcha violeta del hotel de lujo... Lo que yo te decía, Puñeto: mira que si se muriera...

Estás como un muerto, y despiertas de repente, igual que si la borrachera estallara en luces que te alumbran por dentro unas verdades tremendas en las que nunca habías reparado. No has dormido ni tres horas y te levantas sin sueño, limpio de cansancio, con unos raros deseos de correr, de escaparte, de huir de esa misma claridad con la que te reconoces dolorosamente encarado contigo mismo. Abres las manos ante tus ojos, tirantes como cables los diez dedos, como si tus manos fueran olivos muertos, y las mueves y dices en voz alta: Qué cosa ésta, qué susto éste de saberse vivo. Y ante el espejo, hay que ver la pena que sientes por tus ojos, por tus profundas ojeras, por esos párpados que parecen temblar un poco sobre las preguntas horribles de tu propia mirada. ¿Soy o no soy un tío poderoso? ¿He triunfado o no he triunfado de verdad en la vida? Oye, tú, muchacho, que eres un famoso, que tienes trescientos millones, que te conocen hasta los gatos. Así es que déjate de bromas. Son cosas de la borrachera, ¿estamos? Sí, ya: de una borrachera especial, bastante rara, igual que aquella de hace dos o tres años, cuando te dieron de alta en el Sanatorio de Toreros y te largaste solo hasta las afueras de Madrid, para emborracharte en una tasca de albañiles que se curaban con el valdepeñas de los trigos y las muchachas y las plazas y los árboles que habían tenido que abandonar en sus pueblos. De madrugada ya, te llevó el tabernero hasta el Sanatorio... Y al poco, eso mismo de ahora: que te sientes vivo, que te asusta mirarte en el espejo y que no sabes cómo librarte de ese increíble problema de vivir... ¿Me doy una ducha? ¿Llamo a Pepito?... No. Abre la puerta y mira cómo está tu placita de toros: rellena de muerte. Escucha el atigrado gruñido de los perros que no quieren dejar de lamer la sangre de las ovejas, los pavos, los caballos, los toros... Mira cómo se resisten al capataz que los amenaza. Deben ser, por lo menos, treinta perros los que han acudido de todos los alrededores para recuperar una fiereza que debieron tener miles de años antes de obedecer al hombre. Fíjate en aquel perro pardo y pobretón de rabo caído y cabeza de nunca haber tenido un amo amigo. Sí, hombre: ese que se regodea con la lengua en la sangre que todavía sigue echando por la boca aquel novillo al que tú le emborrachaste la agonía con una botella entera de champán. Hasta es posible que todavía le llegue al chucho un poquito de champán, de tu champán de torero poderoso que hace lo que quiere, porque sí... Y como esta rara borrachera es como es, no pueden evitar que el perro ese que huye y vuelve entre las amenazas de tu capataz, te obligue a pensar en tu padre, perro triste también, después de todo, perro sin nadie que le acariciara la cabeza analfabeta y soñadora... Grítale al capataz que deje tranquilo a ese perro, y que eche a todos los demás... Y, eso sí: que mate a tiros esos dos galgos... ¡Los galgos! Ahora caes en la cuenta, ¿a que sí?, de aquella antipatía tan tuya contra los galgos de tu abuelo, perros

54

con músculos dibujados para la velocidad de los caprichos ricos... ¿Tendría mi padre un perro? Seguro que sí, porque lo merecía. Un perro con un rabo sencillo pero siempre loco de cariño. Un perro así, como ése... Un perro triste y feo, abuelo quizá de ese perro que se engolosina en la sangre borracha del novillo muerto... ¡Eh, Manuel: echa a todos los perros, menos a ese pardo, el más pobretón de todos!... Sí: déjalo tranquilo hasta que se harte... Los sesenta años girochos del capataz se han detenido a escuchar tu voz en una postura que tenía mucho de respetuosa pero que, al mismo tiempo, parece que te acusa con su quedarse parado y en silencio, la cabeza alzada sobre el cuello largo y curtido... Venga, Manuel, echa todos esos perros, menos uno, el que ya te he dicho... Ahora mismo, señorito, ahora mismo... ¿Cómo has dicho, Manuel, cómo has dicho? Pues le he dicho que ahora mismo... No, no me refiero a eso. ¿Me has llamado señorito? Contesta pronto, ¿me has llamado señorito? El hombre duda, pues no sé, no recuerdo... Manuel ha dejado de amenazar a los perros en esa cordillera de animales muertos. Si es que se te ha escapado, no lo repitas. Por la cuenta que te tiene ¿estamos?... Estamos. La contestación del capataz sería demasiado altiva si el hombre no la hubiera dicho con los ojos clavados en sus botos casi enrojecidos del todo por los charcos del campo. El torero ha seguido allí, en la ventana abierta, mientras yo he conseguido espantar los perros a palo limpio. Pero debe de estar pensando en otras cosas, porque ni se ha dado cuenta de que se ha marchado también el chucho ese que, vaya usted a saber por qué, le ha caído en gracia. De nada sirvió que lo llamara. Y me alegro que se fuera, asustado quizá por los aullidos de los otros. ¡Qué mal le ha sonado al torero la palabra «señorito»! Como a puñalada, digo yo. Me salió sin pensarlo. Yo, ni acordarme de aquella tarde, hace ya años, cuando, al día siguiente de comprar esta finca, decidió quedarse también conmigo. Manuel: vamos a dar una vuelta por esas tierras. Y a caballo los dos, olivos y más olivos, apenas si preguntaba, me dejaba explicarle esto y lo otro y lo de más allá, pero sin demostrar interés del bueno por los detalles del campo. Un movimiento de cabeza, una sonrisa como de estar de acuerdo con todo lo que yo le decía... A ti, Manuel, te entusiasma el campo... Mucho, señorito, mucho... Tú, óyeme bien, Manuel: como me vuelvas a llamar señorito, no te quedas en esta finca ni de balde. Porque yo no tengo ni tanto así de señorito. Entérate bien de eso. He comprado todo esto con mi sangre. Cuatro cornadas de muerte, Manuel, y otras más de cuando en cuando para que no me olvide de la guasa que tiene mi oficio. Así es que eso: de señorito nada, porque yo no he conocido lo que es una peseta por la herencia... Y desde entonces, nunca me pude enterar de cómo tenía que llamarle: lo de matador no pegaba, ni tampoco don Gregorio, y menos, decirle don Goyo. Así es que decidí acostumbrarme al usted pelado para acá y para allá. Ni don Goyo, ni don Gregorio, ni señorito... Hasta la noche aquella en que inauguró la piscina. Lo recuerdo como si hubiera sido antes de anoche. Hasta el caserío viejo llegaban las voces y las risas esas que ahora y siempre suenan a matojo verde cuando se rompen las riendas entre mujeres y hombres, con el perfume del campo encima, y, además, dinero largo y vino y licores... Mientras cenábamos comentó José, mi hijo mayor, recién salido de las quintas: el chófer del torero me dijo que han venido quince extranjeras, casi todas suecas, de las de piernas largas y bien tostaditas... Le llamé asqueroso, por decir aquello delante de su madre y de Julita, quince años. Después cerré la puerta y las ventanas... Nos vamos a asfixiar, dijo la hija. Y, después de todo, añadió señalando hacia el ruido de la piscina, eso es lo moderno... Le di una bofetada: Y esto es lo antiguo, le dije, lo que debe ser como debe ser. Toda la familia se fue al piso de arriba a dormir, entre llanteos de las mujeres y gruñidos sordos del nuevo hombrecito de casa. Pero ya a solas, los barullos picantones de la piscina traspasaban puertas y hasta muros. La música del tocadiscos me ponía la sangre de las sienes como con burbujas de gaseosa mezclada con aguardiente... Regresaba yo a mis tiempos de soltero, a las casas de fulanas. Y llegó Pepito: Dice el matador que venga usted a la piscina... Dolores, mira: que el mozo de espadas ha venido a decirme que tengo que ir a ver al amo... Antes de salir, me pareció oír una risotada de mi hijo. Me acusaba sin palabras y con razón, seguro que acierta. Se le ha calentado la sangre al viejo con todo eso de la piscina... Vamos para allá, Pepito... Yo deseaba cosas la mar de absurdas. Como, por ejemplo, que el torero me dijera: Venga, Manuel, échate unas cuantas copas de coñac y llévate por los olivos, hasta el amanecer, a la sueca que más te guste. Hasta que desperté: Hombre, aquí viene mi capataz... El torero dejó de besuquear en el agua a una chavala rubia y saltó a mi encuentro... Yo pido un aplauso para el hombre que está enamorado de esta finca, de sus miles y miles de olivos. ¿Cuántos olivos, Manuel, cuántos son mis olivos? Muy cerca del medio millón de olivos... ¿Buenos olivos, Manuel?... Creo que son los mejores olivos del mundo, señor, porque han sido mimados durante muchas generaciones... Si me dices de nuevo señor, te echo y me cago en tu abuelo. Por su cuenta, una de las muchachas en bikini se me acercó y me largó un beso muy caliente en la boca. Yo me quedé paralizado, con una humillación muy rara por los adentros. Sobre todo, al oír el cachondeo de risas que se formaba... ¿Y qué le parece a mi capataz, a qué te sabe un beso de turista extranjera?... Me mordí los labios. Era amarga mi sangre... Gritaban todos a una: ¡Que se explique, que se explique, que!... A la puerta del caserío viejo me aguardaba mi mujer... ¿Para qué te llamaban? No, para nada en particular. Querían saber cuántos olivos hay en la finca... Y me pasé toda la noche despierto, con el olfato enloquecido por aquel olor a carne joven de la chavala extranjera que nunca me podría llevar yo hasta el sitio más aislado de los olivares, hasta el sitio aquel donde un medio analfabeto como yo se va de cuando en cuando para pensar a solas y hasta en voz alta, algunas veces… Sigue el torero en el ventanal. Mira a lo lejos, sin fijarse en nada. Los de su cuadrilla aseguran que está algo chiflado, que ha sido mucho tener de todo en tan poco tiempo: tacos de billetes, tierra buena y grande, mujeres que guardan cola ante su capricho… Menos la señorita Amalia, porque esa sí que sabe aliñarlo, y de qué modo. Siempre va al lado de ella como a punto de arrancarse. Parece un becerrete de media casta. ¿Le embisto, no le embisto? Y, a todo esto, la señorita Amalia, sin provocarlo. Por el contrario, siempre pendiente de la falda cuando se sienta frente a él, que no se le vean las piernas ni tanto así de más, nada de escotes grandes, muy modosita ella, aunque ya no es una niña, ni mucho menos, pero sabe parecerlo, y le da consejos como de hermana mayor: No seas loco, Goyo, ve más despacio, hombre, no sea que descarriles… ¿Y en qué puede consistir mi descarrilamiento, si puede saberse?… Estaban los dos solos en la puerta grande. Yo los escuchaba, sin verlos, desde la azotea… Venga ya, Amalia, aclárame eso de mi descarrilamiento, insistía el torero con un tono de guasa… Bien, hombre, te voy a ser sincera: tú, como todos los que consiguen triunfar en poco tiempo, estás expuesto a caerte por el puente de la desesperación… ¿Y después?… Después, el pistoletazo en la sien o el tubo entero de pastillas para dormir… Y al torero le salió de repente una carcajada muy rara: ¿Matarme yo? Vamos, Amalia. ¿Matarme yo? Pero qué cosas tienes, mujer; matarme yo, con lo bien que lo estoy pasando en vivo… El torero, con las dos manos agarradas a la baranda del ventanal, sigue mirando a lo lejos, en dirección al pueblo, con sus bicharracos por dentro. Ni siquiera se ha dado cuenta del rato que llevo mirándolo.

Dicen por el pueblo que ni siquiera cambió la rueda que mató al chavea: sangre con pelillos rubios pegados a la goma negra, cargo de conciencia en el potente motor del rojo descapotable. Pero Goyo, bien arropado por espesos kilómetros de olivos, ni se acordará ya. Mañana mismo irá al Banco, al de siempre, igual que todos los años por esta época; más de trescientos millones de pesetas sobre una mesa grande, todo en billetes de a mil, desparramados, libres de ridículas gomitas de cajero, como si fueran hojas en el suelo de un parque. Y hundirá sus manos en aquel monte de poderío, bien cerrados los ojos para sentir por las yemas de los dedos con tacto fino de ceguera el grandioso crujido de los papeles verdes. Nadie delante. Sólo él con su locura de dinero, echada la llave por dentro, sin testigos que le resten emociones en la silenciosa juerga de poseer y gozar su riqueza, no con avaricia, no, sino con una soberbia que necesita saberse reforzada. No faltará tampoco la bonita balanza. Una pesa plateada, de a kilo, en un platillo. Y, en el otro, uno a uno, los billetes de mil pesetas, hasta saber, una vez más, que tantos billetes pesan un kilo, así es que los trescientos millones, como un buen novillo en canal, casi tres veces lo que pesa un picador como El Puñeto, y no sé cuántas veces más que un cuerpo de chavalota nueva... Pero dicen que Goyo sabe muy bien que nunca podrá recuperar el pueblo que ha perdido. Él mismo se lo dijo una vez a su amigo Curro, el de la taberna, poco antes de la alternativa: No sé cómo explicarte lo que siento ahora, cuando me veo tan para arriba. Tengo miedo de tener que alejarme de todo lo que he vivido, de esta plaza, de las calles todas del pueblo, de mi casa, de tu amistad... Pero, Goyo, muchacho, ¿qué estás diciendo?... El novillero no podía explicar, ni entonces ni ahora, aquella sensación de saberse a punto de huir con las raíces chafadas... Hacía dolorosos esfuerzos, las manos sobre la frente y los párpados, en busca de palabras: No sé, oye, no sé. El otro día, en un gran hotel de Barcelona, ¿qué te parece a ti que me puse a echar de menos? El olor de la cocina de mi casa, no en hora de hacerse la comida, sino por la tarde, olor a humo de carbón y al aceite frito que sobró la noche antes, y el olor a sudor de mulo en las puertas traseras de los labradores ricos, y el olor aquel de los días de frío, cuando nos cansábamos de jugar en las afueras y volvíamos al pueblo, casi de noche ya... ¿No te acuerdas, Curro? Era un olor muy especial, un olor que no era olor de esto o de lo otro. Es posible que fuera olor a tristeza, pienso yo, olor a gente que puede soñar muy poquita cosa... Tiempo le faltó a Curro para contarlo por ahí, a su manera, claro está: Goyo tiene miedo a que el toreo se le suba a la cabeza. ¿Os acordáis de cuando empezaba? Un buen día levantaré yo una plaza de toros en este pueblo, una plaza bien grande, para llenarla con mi nombre en el cartel, para que mi pueblo se llene de cuando en cuando con gente de capital... Porque mi pueblo es para mí... Bueno, lo más grande. Pero no. Ya veis: los hoteles de lujo acaban con los olores del pueblo, con los malos olores de la pobreza, de los mulos, de la cocina de su casa... Goyo, acordaos, en cuanto llegue a la alternativa, se olvida hasta de su madre... Por cierto, que el torero la visita muy de tarde en tarde, siempre de madrugada, para no encontrarse con nadie. Nunca en su coche. Le traen en otro, que se va en seguida, y le recogen antes del amanecer... Cuentan que ella apenas si dice palabra y que Goyo la acaricia mientras le habla de sus triunfos, de viajes y de dineros. Pero la madre no reacciona. Sigue lo mismo que el día en que murió su marido, encorvada, anciana ya con menos de cincuenta, sin entender nada de lo que Goyo le dice. Ella le besa mucho, y le hace algún guisote sencillo que el torero devora como si tuviera ocasión de recuperar por la boca un pasado que ya ha perdido... Aseguran también que el famoso le pagó un buen dinero a Feliciano, el sacristán, para que le dejara vivir un día entero en la torre de la parroquia, bajo secreto, con latas de conserva, un par de botellas y un potente catalejo de capitán de barco para ver otra vez en su salsa a la gente del pueblo. Feliciano se enfada cuando le preguntan sobre el tema. Pero en un día de la Patrona le hicieron agarrar una borrachera y relató una historia tan detallada y curiosa que todos la dieron por cierta, aunque el sacristán se volviera del revés al día siguiente. Sobre todo, por un algo tan especial que ni Feliciano ni nadie hubiera podido inventar ni con vino ni sin vino: ¿Sabes, Goyo, quién acaba de entrar en la iglesia? La señorita Amalia. Por eso he subido a decírtelo... Muy bien, Feliciano. Toma quinientas pesetas por la noticia... Y bajamos los dos, torre abajo, hasta el coro... Él llevaba el catalejo, y, desde la negrura del órgano, se puso a mirar hacia los primeros bancos... Poca luz hay, Feliciano. Toma otras quinientas y enciende más luces... Oye, Goyo, que me puede echar el cura... Me puso el billete en los mismos ojos. Y fui. Más tarde subí otra vez a la torre. Goyo acababa de ver salir a la señorita Amalia y estaba hablando solo, mentándole los muertos a no sé quién, porque, según me dijo, la había mirado a ella con ojos de burro padre cuando cruzaba la plaza... Pero, con todo, lo que más irrita a la gente del pueblo es recordar aquello que soltó una noche Pepito, el mozo de espadas, cuando en la taberna de la plaza empezaron unos cuantos a tirarle indirectas: Razón tiene el torero cuando dice que es una pena que no pongan este pueblo en venta, lo mismo que pasa con otros en tierras del norte, porque a él le gustaría comprarlo ya vacío para pasar temporadas con quienes él quisiera. Y lleva toda la razón el Goyo, qué puñeta: sería estupendo venir, pasear por las calles, poder entrar en todas las casas, y en la iglesia, y en esta misma taberna, y todo el pueblo sin nadie, un pueblo muerto, como esos que salen en las películas de vaqueros, con todas las cosas en su sitio, nada más que un poco polvorientas, pero limpio todo de gente que sobra... Dicen que, si no se quita pronto de en medio, termina Pepito en la casa de socorro o quién sabe si allá en el cementerio, tendido en el mármol grueso de las autopsias... Y ya que hemos nombrado el cementerio, nadie del pueblo duda de que sea cierto lo del hermoso panteón que el torero piensa encargar en vida, con una inscripción de letra bien grande: Después de llegar a matador de toros, sólo tuvo en su pueblo la amistad de los muertos... Comentario inmediato: Hijo de... Pero todavía son muchos los paisanos que van a verle torear. No por favor, no para ver si un toro lo ensarta, no, que no, por Dios, que a tanto no llega este rarísimo odio, aunque el nombre del torero suene a calambrazo de alta tensión, a pesar de que el pueblo entero se considere igual que escupido en la cara por su largo olvido. Van a verle porque... Quizá para... Acaso por... No lo saben de fijo. Van siempre en grupo, un puñado de rencor en el tendido, ni un aplauso en su triunfo, ni tampoco un grito entre ellos si la bronca estalla. Están allí tan fuera de lo corriente, que los demás espectadores vecinos los miran como a fantasmas de la fiesta, y en más de una ocasión, cuando Goyo va dando la vuelta al ruedo y tropiezan sus ojos con aquellas caras, se queda como hipnotizado unos instantes, durante segundos que se estiran en aquel intercambio de miradas y recuerdos... Pero, eso sí, que no se le ocurra ir a verle torear a una mujer del pueblo... Las muchachas, ni se atreven a pasear los domingos por la carretera que lleva hasta el cruce de la finca, y si alguna nombra al torero la castigan, por su bien, los silencios más duros, cuando no la bofetada en seco y sin palabras... Solamente una mujer se salva de esa ley: la señorita Amalia. Muy de capital, pero nacida y bautizada aquí en el pueblo. De familia rica y bien empingorotada de grandezas, muy en lo alto, nieta de señorones que valoraban menos a diez hombres que a un caballo. Pero, hay que decirlo sin rodeos: todos saben que ella es la única anguila que se le escurre a Goyo entre los dedos de su soberbia... Y ¡cómo miman todos ese fino tesoro de revancha, qué regodeo cuando alguien dice que la vio camino de los olivares de Goyo!... ¿Y si se enteran de cómo se reía ella mientras el torero le hablaba, triste, en la terraza de algún bar de la capital?... ¡Es que ni dibujada para limarle a ése los orgullos! Estudios y dineros, y de distinción y elegancia, no digamos, ganadera. Sí. Goyo se siente como atrapado por la señorita Amalia y por todo cuanto representa. Hay mucho odio también en ese barullo de sus querencias: junto a la boca y los ojos y los modales, la rabia contra el origen y la riqueza antigua, y muchas otras cosas que nunca tuvo él y que pudiera conseguir nada más que con tenerla a ella... Por poco le pegan a Feliciano, cuando tuvo aquella ocurrencia: Pues quién sabe si algún día se casan. Le estrujaron las solapas de la chaqueta: Tú, meapilas, no seas bestia. Como se te ocurra otra vez... No, eso sí que no: la señorita Amalia no caerá jamás tan bajo. Y el día menos pensado, la soñada sorpresa. La mañana de su boda con otro, claro, fecha que marcará el comienzo de los tremendos miedos de Goyo, una nueva época para que pueda ir a verle torear todo el pueblo, muchachas bonitas incluidas. Y también Serafín el tonto, que va ya para los cuarenta y no le llevaron nunca a una corrida de toros, con lo que le gustan a él todas esas cosas que huelen más o menos a muerto, tonto limpio de barba cerrada, bobo de babeo, las manos y las piernas sin retorcimientos ni disloques, jamás caricatura de molino de viento, esquelético tonto que no sabe reírse, tonto, eso sí, de palabras y ruidos de la boca, tanto de ladrar o de quejarse como los pavos o de soltar de pronto las palabras como quien tira piedras y acierta. Pero, sobre todo, es por los ojos por donde se le nota más de verdad que nadie podrá entenderle: ojos de pez, ojos viciosos de contemplar la muerte, ojos que bucean en la otra vida de este muerto y del otro y de todos los muertos... Yo quiero ir a una corrida de Goyito, quiero ir, quiero ir, quiero ir, quiero ir... Todavía no: a Serafín le llevaremos en su momento, cuando el sudor de Goyo se cuaje en goterones anchos y fríos... Por cierto, tú, qué raro, Goyo pregunta con frecuencia por el tonto, le manda propinillas muy curiosas, y un día, todos lo saben, le recogió en su coche y le llevó a la finca, pobre Serafinillo, champán con marisco del bueno, besos de chavalas, y al día siguiente, en la plaza del pueblo, todos a escucharle: Goyito me dijo esto y lo otro... Ladridos, paveos... Goyito me preguntó si me olía él un poquito a muerto... Es muy bueno

Goyito, yo quiero verlo torear, yo quiero verlo torear... Y de nuevo a parecerse por los sonidos de la boca a los perros y a los pavos, hasta que se enfrenta a todos con sus ojos de vicioso de la muerte y pregunta: ¿Por qué tenéis tantas ganas de que Goyito se muera?

Goyo lo dirigía todo desde lejos. Así me saben más a sorpresa los detalles. Era como si estuviera ganando una guerra desde un despacho, sin necesidad de visita alguna al campo de batalla. Mapas en las paredes, mapas que se enroscan sobre la mesa grandota. Que me traigan unas cuantas fotografías de esa otra casa que compramos ayer. No importaba que la tuviera retratada desde niño en la memoria, con sus ventanas, con el verde exacto del limonero del patio y hasta con el amarillo tristón de los jaramagos entre las tejas. Que no, don Joaquín, que ya te he dicho que no toreo este invierno en América. Llegaba Pepito al atardecer con sus informes, sonrisilla de espía que vuelve a salvo de la retaguardia enemiga, adelgazado de miedo, pero también igual que si, por fin, hubiera encontrado ocasión de saberse fuerte para la audacia: A Juan el zapatero ya le niegan el vino en las cinco tabernas. Goyo recordó con regodeo los minuciosos preparativos de aquel comienzo: ante la foto aérea de la plaza, todo el estado mayor de su gran capricho. El edificio más pequeño, el punto más débil del cogollo del pueblo, la casa del remendón, apenas si cuatro metros de fachada, menos del doble en fondo, contando con el patinillo, retrete y cocinilla juntos, y un piso alto de techo tan bajo, que, según Juan, le quitó de la cabeza el querer salir de soltero, no fuera que la mujer terminara por encelarse de las vigas... Y por aquella miseria de casa se coló la primera estocada. Treinta mil duros por una porquería. Frente por frente a la puerta de la parroquia, en el morrillo mismo de la plaza, entre la taberna de Curro y la tienda de Roberto. Aunque, más que estocada —sonreía el torero—, la compra de la casa del zapatero fue como un buen pinchazo hondo, al que seguirán más o menos descabellos. Y, por una sola vez, Goyo se alegraba de que el toro aquel no se hubiera quedado para el arrastre al primer picotazo de verduguillo. Don Antonio, el alcalde, piensa ir a la capital para ser recibido por las autoridades. Pepito se lucía en su nuevo trabajo: Por lo visto anda diciendo que quieres comprar lo mejor del pueblo, nada más que para fastidiar a tus paisanos... Al torero le emborrachaba la certidumbre de que nadie más que él y don Gustavo el arquitecto conocían el alcance soberbio de aquellas estrategias. Tres casas ya. Tres casas de la plaza. A más de tres veces lo que valen. Sin esconderse, sin rodeos, con descaro: Goyo es el que compra... ¿Que para qué? Nadie lo sabe. Goyo se ha propuesto regresar como un tigre, manda de lejos sus zarpazos, nos inquieta, nos divide... Hasta don Laureano, el cura, ha recibido carta de Goyo. Le ruega que solicite a quien sea espacio de cien metros cuadrados de cementerio para levantar su panteón y le manda, aprovechando la oportunidad, veinte mil duros para los pobres de la parroquia... El torero se siente vibrar de nuevo. Todo viene a ser como un juego en el que se manejan personas en lugar de fichas o cartas. Nunca disfrutó tanto. Ni siquiera cuando le ilusionaba al máximo el dominar a un toro, ganancia y gloria aparte, sólo con pasarse por debajo mismo del corazón una y otra vez las peligrosas vibraciones de la embestida. Pero esto de ahora era, en cierto modo, igual que si estuviera toreando a personas, o mejor todavía, como si le diera la lidia que necesita a todo un pueblo, el suyo, amargo de genio, alta la cabeza y gazapón en sus rencores... Pero, ¿cómo no se le había ocurrido antes? Todo tuvo que empezar allí: estaba Goyo encerrado con sus muchos millones, toda la mesa negra cubierta de billetes verdes, dispuesta ya la balanza, cuando sonaron unos golpes en la puerta, cerrada por dentro como siempre. Han traído una carta urgente para usted. Era la voz del director del Banco. Se la echó por debajo de la puerta. El sobre no tenía remite. Nombre y apellidos estaban escritos con letras mayúsculas, a base de palotes y con esa engañosa ingenuidad de las cartas anónimas. Goyo rompió el sobre: Ni con el doble de todos esos millones que estás manoseando podrás comprar eso que tú sabes que te falta. Amalia tiene novio. Mala noticia para ti, pero, por eso, muy buena para tu pueblo. Esperamos que asistas a la boda. Como firma: un buen paisano tuyo... Los ojos del torero se quedaron como clavados de rabia sobre el panorama de millones. Se acercó lentamente a la mesa y arrugó con ambas manos la tiesura de los billetes intactos... Al atardecer, de vuelta a la finca, se detuvo en el cruce alto para contemplar su pueblo, un puñado de cal ya oscurecida entre silencios húmedos de huertas acabadas de regar. Estaban ya encendidas las pocas luces de sus calles: treinta, cuarenta, cien bombillas que daban lástima. En la plaza de la iglesia, poca gente, hormigas torpes y aburridas, toque lento de campanas cascadas... Se recordó Goyo a sí mismo hace años en esa hora, mala hora para los que sueñan con grandezas en un pueblo así de chico, ya sin sol que ilumine los alrededores para apartarse de los demás, de los otros muchos que tienen la cabeza libre de pesadillas con dinero y gloria... En la taberna de Curro estarán los hombres repitiendo lo de ayer, igualito que hace diez años, sacando conversaciones con la misma noria de hace siglos: el tiempo que hará mañana, la barriga que le han hecho a la niña de fulano, la que se fue a servir a la capital y volvía de visita con remilgos de señoritinga, y los muchachos que se ríen de los viejos, y los viejos que replican con un: Pobrecillos, ya aprenderán lo que es bueno y sabrán lo que cuesta ganar una peseta... Y tú, Goyo, tú, como tema enorme para tu pueblo, tú, que saltas de pronto en la monotonía de todos esos argumentos chicos, tu nombre de triunfador que restalla como un látigo contra las ancas grises del aburrimiento, látigo trenzado de rencor y envidia... Amalia tiene novio... Estaba la frase grabada en su frente y la leyó en voz alta... Será mentira, seguro, aunque, quién sabe... Esperamos que asistas a la boda... Hijos de perra... Imaginaba un montón de rostros conocidos, mil gavillas de miradas turbias contra su figura, todo el pueblo sin mirar ni poco ni mucho, nada, hacia el altar, desentendidos del novio y de la novia, todo el canalla mirar de su pueblo pendiente de su gesto, a la caza de un pequeño parpadeo de amargura, de una sequedad repentina que agriete los labios del torero vencido, del soberbio que hace el papel de testigo en una boda que... Qué hormiguero tan triste tu pueblo en esta hora, casi de noche ya, y qué ganas de pisarlo con el tacón de tu boto campero, sin dejar que se escape ni una hormiga. Tu madre nada más. Mandar a que la saquen de allí un poco antes, y llegar tú, como un gigante y, ¡zas!, el taconazo de tu rabia, y tu risa de venganza y el perseguir a las hormigas que intentan escapar, mientras las llamas por sus nombres un poco antes de aplastarlas... Eso era lo imposible, pero... Oye, tú, don Joaquín, mañana mismo te vienes para acá con don Gustavo el arquitecto. Tengo que hablar con él de una idea estupenda. No, hombre, no. ¿A estas alturas me voy a meter yo a construir una plaza de toros? Con llenarlas tengo ya de sobra...

El alcalde dice eso porque no tiene casa que vender. Fíjate en el zapatero: treinta mil duros por esa casucha que parece una rodaja de chorizo rancio...

Mientras limpia los vasos, Curro escucha a Roberto, que piensa en alto, que no razona, no, para el tabernero, sino con ansia de convencerse a sí mismo de que está en lo cierto. Curro, muchacho, tú, que son cuatrocientas mil pesetas, cheque al canto, y para mí las existencias... La taberna está cerrada desde hace más de una hora. Llueve fuera. Curro ha roto un vaso, de tan fuerte como lo apretó por el borde. Se tiñe de rojo el agua de la pileta. Se ha cortado. Me cago en la mar. Roberto ni se entera: Y con todo lo que ahí tengo yo metido en artículos, pues eso, alrededor del medio millón de pesetas es el total que le saco al establecimiento. Precio de tienda en la capital, que te lo digo yo... Curro se relía los dedos heridos con un pañuelo limpio: Todo eso está muy bien. Pero te harán la vida imposible. Ten cuidado, Roberto, piénsalo... Durante un silencio, contempla Curro la cabeza calva del tendero: Ya verás tú éste. Como se descuide, le cuentan lo de Goyo con Paquita, su mujer, cuando soltera... Pero continuaba el tendero: Y si se ponen tontos los del pueblo, cojo mi dinero y me largo a otro... Goyo había regresado aquella mañana de su gran triunfo en Madrid. Era todo él una sonrisa ancha, como de cal la dentadura en una cara tostada por soles y ovaciones. Al anochecer, ahí, en esa plaza misma, le acosaban las muchachas. Paquita, pelo negro y ojos azules, se desmayó cuando a él se le ocurrió decirle, poniéndole la mano en el cuello: Tienes la piel como los melocotones. La llevaron a la casa de socorro. Todo quedó en nada. Pero, al día siguiente... De nuevo

Roberto: Y a ti, Curro, cualquier día de éstos te llegará Pepito con el talonario. Este bar tuyo es grande, casi doble que mi tienda. Así es que te estoy viendo rico de la noche a la mañana. Y es lo que yo digo: bueno está que le tengamos manía a un torero que se olvida de su pueblo. Pero las cosas del comer son bien serias. ¿O no?... Curro abrió de par en par la puerta del patio. Necesitaba escuchar el sonido travieso y limpio de la lluvia. Y, una vez más, le avinagraron la memoria aquellas palabras de Goyo, del Goyo que acababa de empezar su oficio de matar bien a los toros y a las personas: ¿Te acuerdas, Curro, de cuando llegaba el caballo de la remonta y le echaban una potrilla? Pues yo, ante Paquita, me sentía caballo, porque ella cerraba también los ojos y temblaba mientras ponía la boca muy abierta... Roberto se levantó, por fin. Dejó unas monedas sobre la mesa. Mañana será otro día. Curro no le contestó. Le abrió la puerta de la calle. Hasta mañana. Adiós. Se quitó el pañuelo de la mano. La herida había dejado de sangrar. ¡Qué escandalosa la sangre! Poco después de aquello de Paquita, le dieron a Goyo una cornada tremenda. Fui a verle a la clínica. No quería perder por nada aquella amistad de la niñez. Después de todo, el torero ni sabía ni quiero que sepa nunca lo que Paquita significó para mí hasta aquella tarde, cuando se desmayó —la mano de matar, en el cuello— con aquel piropo: Tienes la piel como los melocotones... Y el caballo de la remonta, y la potrilla con los ojos cerrados, y lo de la boca muy abierta... ¿Qué tal, Goyo? Ya

73

ves, mi primera cornada grande, la que se necesita, según dicen las figuras... Y cuando ya me había despedido, justo cuando ya estaba en la puerta, las palabras que encendieron mi rencor para siempre: Ayer estuvo aquí la potrilla... Y el pedazo de monstruo que ya era comentó, por si fuera poco: Si no llega a ser porque temía quedarme en una hemorragia, la hubiera metido aquí conmigo... Después, cada día más distancias, medias palabras en la conversación... ¿Qué te pasa, Curro? No, nada. Hasta que me dijo un día: No lo tomes en el mal sentido... Resulta que a fuerza de adivinar intenciones en los ojos de cientos de toros, terminas también por saber un poco de lo que hay detrás de los ojos de los amigos. Y te voy a ser sincero: no llega a odio lo que yo encuentro en tu mirada... Pero tampoco es cosa buena... Y me ofreció su mano, como a alguien recién conocido con el que nunca volveremos a hablar.

Me recibió al mediodía, en bañador, sobre la yerba mimada de junto a la piscina. En su forma de moverse le noté una satisfacción un tanto infantil por la vigorosa agilidad de su cuerpo. Quería sorprenderme: ¿Sabe usted nadar? ¿No? Si quiere, le enseño, a cambio de dos o tres mil años de indulgencia. Y le vendría bien, usted es jovencillo todavía, porque a ustedes los curas, con los años, les crece demasiado la barriga, quizá de no tener mucho que hacer, aparte de celebrar misa, dicho sea con todos los respetos... Nunca había escuchado un ataque tan pintorescamente cínico... En un dos por tres se subió hasta el último trampolín y me gritó antes de lanzarse al agua : Existen cosas la mar de raras, señor cura, que se lo digo yo, en todo este jaleo de vivir. Tengo ya treinta años y fíjese lo fuerte que estoy, después de haber abusado hasta el no va más en el beber y, bueno, ya sabe usted, también en eso de una mujer y otra mujer y otra mujer... Se lanzó desde lo alto y le vi cruzar la hondura celeste del agua... Llegó hasta mí presumiendo de salir chorreando la naturaleza de tanta agua... ¿Una cervecita, señor párroco? ¿O un vino de Jerez con langostinos? Pero diga alguna cosa, hombre. Tome asiento. Él se tendió sobre la yerba. Le escucho, señor párroco, usted dirá... Adelante, hombre, no sea tímido... El caso es que no sé por dónde empezar... Goyo se puso en pie : Bueno, pero, ¿qué les pasa a ustedes las personas serias, que siempre tienen que salir con eso de que no saben por dónde empezar? No pude contener la risa. Iré al grano : ¿sabe usted que tiene asustado al pueblo? El torero me miró fijamente, con pillería, y se lanzó de nuevo a la piscina. Se tendió sobre el agua, haciendo el cristo. ¿Y de qué tiene miedo, señor cura?... Vamos, por favor, Goyo, no se haga usted el nuevo. Por todo eso de las casas. Ha comprado usted unas cuantas, todas en la plaza, y temen que su intención no sea buena... Regresó de nuevo y se fue a sentar junto a mí, en actitud que deseaba expresar preocupación y lástima… Mire usted, don Laureano: en mi pueblo no me tienen miedo, sino mucho odio, y usted bien que lo sabe. Yo compro casas en el pueblo, que también es mío, porque tengo dinero para poder hacerlo, y porque… Empezó a mover la cabeza como un niño que se negara a sí mismo el permiso para soltar una palabrota… Y porque le da la gana. ¿No era eso lo que iba a decir? ¿O pensaba hacerlo con otras palabras más duras?… Soltó una carcajada: ¡Caramba con el curita! ¿Sabe usted que me está cayendo simpático?… Comprendí que nada conseguiría. Consulté mi reloj al tiempo que me levantaba. Pero cómo, ¿ya se larga? No quiero molestarle más. He venido a hacerle una pregunta y usted acaba de contestarla… Me dio una palmada afectuosa en el hombro: ¡Vaya, hombre, se me ha enfadado! Y yo que pensaba pasar con usted un buen rato de charla, fuera aparte el pueblo, que no se merece mucha conversación… Me acompañó hasta mi seiscientos. Abrí la portezuela… Bueno: hasta otro día, y perdóneme usted por esta absurda intromisión mía… Goyo cerró el coche en una simpática rabieta: Usted no se va todavía, porque yo no lo permito, ¿estamos? Ahora mismito nos vamos a tomar los dos una copita y le voy a enseñar una cosa. Pero, eso sí, bajo secreto de confesión. ¿De acuerdo?… Dudé un instante. Él insistió: ¿Qué? ¿Hay o no hay promesa de secreto de confesión? ¿Sí? Pues vamos… Toda una sala parecía dedicada a lo mismo: todas las paredes estaban cubiertas con planos de la plaza del pueblo, desde muchos ángulos y perspectivas. Sobre un caballete, una fotografía aérea de grandes proporciones abarcaba también la plaza completa, incluida la parroquia con su torre. Me acerqué a contemplar sus detalles. Fíjese usted, don Laureano, en una parte curiosa de la foto. Puso el dedo sobre un grupo de hombres que levantaban la mirada hacia el cielo, mientras saludaban con la mano... ¿No les reconoce? Uno, ése, es don Antonio, el alcalde, y ese otro, Curro, el que fue mi mejor amigo hasta que se lo comió la envidia... Están saludando al helicóptero que lograba esta foto. Si hubieran sabido los muy desgraciados el motivo de esa visita por los aires... Yo seguía contemplando aquella foto, sugestionado por la idea de que un poco así nos verá Dios, nada más que muchísimo más pequeñitos... Y ahora viene lo bueno, señor cura, el secreto de ese secreto de confesión, un asunto que sólo conocemos hasta ahora mi arquitecto y yo... Sacó un largo rollo de un estante. Ayúdeme usted a desenrollar esto sobre la mesa... Me quedé atónito... Ahí tiene usted ese proyecto mío que tanto intriga a la gente del pueblo... Así quedará todo cuando se acaben las obras, para la próxima primavera. ¿Qué le parece?... Allí estaba dibujado con todo detalle el porvenir de la plaza, de nuestra plaza, en la que sólo seguía igual la parroquia, porque el resto estaba formado por un edificio modernísimo, con terrazas altas y jardines ante la fachada, y un gran rótulo de letras gigantescas: GOYO - FESTIVAL.

2

No es dolor que apuñala en un determinado nervio, sino remolino de pinchazos que gira por dentro de la cabeza, de abajo arriba, hasta que se estira por dentro de los oídos como si quisiera derribar los tabiques de las sienes. Y qué duros, qué gruesos, los párpados. Parecen hojas de portalón de plaza de toros importante. Hay que volcar sobre ellos todo el peso de la mirada al intentar moverlos, para que se agrande la raya de luz y lograr despertar del todo.

—Ya se va recuperando —dice una voz que Goyo no reconoce—. Total, unos cuantos días de reposo, y a torear de nuevo. Con los veinte años no hay quien pueda... Señores, todo ha quedado en el susto. Enhorabuena. Ahora, con permiso, he de marcharme...

Un nuevo esfuerzo y Goyo logra ver cómo despiden a un señor ya mayor que lleva un gran maletín negro en la mano. Todas las paredes son muy blancas. Huele a medicina. Se presienten algodones por el suelo. Está la lengua encharcada en sabores de sangre.

—Ánimo, muchacho —es la voz de don Laureano el párroco, que le da una palmadita suave en el hombro—. A Dios gracias ya pasó todo. No, no hables nada todavía.

Y a los pies de la cama blanca, Pepito, el mismo, vestido de luces, azul y oro, ropa deslucida, alquilada, ya se ve, con los ojos muy agrandados por la preocupación y el miedo. Y Curro, el hijo del tabernero, que se acerca a decirle con voz suave:

—Venga ya, Goyo, tú, que tenemos que emborracharnos el domingo, como está mandado, que de buena te has librado, so granujón.

Será mejor cerrar de nuevo los párpados, recuperar el sueño. Todo esto es ridículo. ¿Qué hará Pepito de azul y oro? Se hace más rápido y denso el remolino de pinchazos que gira por dentro de la cabeza, de abajo arriba, hasta que se estira por dentro de los oídos como si quisiera derribar los tabiques de las sienes.

—Yo sé muy bien que ya no es momento oportuno para lamentarse, pero bien sabéis que me opuse desde un principio, desde la maldita mañana que se me presentó el empresario de la plaza portátil...

Es la voz de don Antonio, el alcalde, tan pejiguera como siempre, con sus comentarios a toro pasado.

—Lo presentía, pero no quise que me tacharan de gafe. Un muchacho que está empezando no debe torear en su pueblo, porque el amor propio le puede más que el saber y que la misma valentía, y así ocurren después las cosas, porque no se resigna a quedar mal entre los suyos, delante de tantas chavalas guapas conocidas... Los veinte años, señores, los veinte años...

—Por favor —advierte don Julio, el médico del pueblo—. El silencio le vendrá bien. Será mejor que nos vayamos todos, menos Pepito, por ahora. Dentro de poco vendrá la madre. Han ido a tranquilizarla. También avisaron al apoderado. Y tú, Pepe, te puedes ir quitando la ropa de torear.

Se arranca con trabajo la chaquetilla, como si fuera el último caparazón que resta del sueño cuando se ha rematado una tarde más con desengaño. Sobre el pecho hundido provocan lástima los tirantes azules, de cinta bien ancha, tirantes de matador, lo único que iguala en el vestir a los pequeños y a los grandes. Y cómo suda Pepito, mientras se desprende de las taleguillas. Y eso que apenas si se ajustan a sus piernas, exageradamente delgadas... Y lo mismo, las medias rosas, mil veces lavadas de otros muchos sudores locos, que se embarullan en los tobillos, en plan de símbolo final de otro fracaso.

—Acércate, Pepe.

Acude a medio vestir, descalzo todavía, se arrodilla junto a Goyo y rompe a llorar. Vibra la almohada con esos gemidos. Se hermana el llanto con el remolino, ya más suave, que gira por dentro de la cabeza, de abajo para arriba, y que ya no llega hasta las sienes.

—Yo creí que te habías muerto, palabra, qué horror, Goyo, qué angustia. No me quedaron fuerzas para levantarte. Tenías los ojos muy abiertos, como de muerto ya, y extraviados... Te encunó, ¿sabes?, te lanzó por el aire y fuiste a caer de cabeza, como una estaca que se clava. Cómo sonó el golpe, Goyo. Gritaban las mujeres, se echaron a llorar los chiquillos. Nada más retirarte del ruedo, se quedó vacía la maldita plaza portátil, y el alcalde suspendió el festejo.

Pero Goyo no está con las palabras de su amigo. Goyo se adentra, casi voluntariamente, por una especie de túnel, como el de los chiqueros, ansioso por regresar a otras luces, a otras cosas que él ha conocido no hace mucho, posiblemente mientras estuvo sin conocimiento. Pero no hay manera de ordenarlas. Palabras sueltas, personas conocidas desde siempre... Pepito, de mozo de espadas, el mío, y una finca de olivar, con piscina, y don Laureano que me miraba como si fuera yo el diablo en persona, y yo matando toros con el rifle, y Marga, y Amalia, la señorita Amalia...

—¿Estaba ella en la plaza?

—¿Quién?

—Amalia.

—¿Qué Amalia?

—Por favor, Pepito, no te pongas burro... La señorita Amalia, hombre, la hija del ganadero, ¿qué señorita Amalia va a ser?

Pepito, puesto en pie, con la mano en la barbilla, alza la mirada al techo, pensativo.

—La hija del ganadero, dices...

—Sí, so vaina, la hija del ganadero de reses bravas.

Pepito soltó una carcajada nerviosa.

—¡Acaba, hombre, acaba! —volvió a reírse con ganas—. Esto sí que es una buena señal, Goyo, porque otra vez tienes la guasa de siempre... Así es que la señorita Amalia, la hija del ga-na-de-ro... Eres único, Goyo, por mi madre que eres un tío único...

Pepito se extrañó de no verse acompañado en este juego de ironía. Goyo le busca los ojos con una expresión de niño pequeño que sufre por el mismo motivo que tanto divierte a los mayores.

—Bueno, Goyo, tú ya sabes: yo no conozco más

Amalia que la hija de Pedro el hortelano. Y, en cuanto a la hija, ni me acordaba ya de que se llama Amalia... El hombre, pues tiene su gracia, según se mire, y tú y yo nos hemos pasado unos ratos enormes oyéndole contar sus imaginaciones sobre la ganadería brava que piensa fundar en su huerta, a base de cruzar vacas y toros metidos en jaulones, como los pollos de engorde... Pero lo que no me parece ni tanto así de bien es que te pongas serio. De verdad que no lo entiendo...

Goyo le ha pedido silencio con un movimiento de la mano. Cierra los párpados y busca ansiosamente por la memoria el rostro de Amalia, el cuerpo completo de la hija del hortelano Pedro, no Raimundo, Pedro... Y la encuentra, la está viendo... Cruza por la plaza una mañana de domingo. Va con su padre. Estalla el pitorreo contra Pedro, en la terracilla de la taberna. Goyo siente pena por la muchacha, sin saber por qué: es más bien delgaducha, tiene los ojos chicos y tristes, pero sabe andar con un son muy alegre. También tiene el cuello largo y la barbilla muy echada para adelante. Parece orgullosa la niña, y no tiene motivos. Me gustaría besarla, pero sin maldad. Quizá porque está como desorientada, quizá porque me parece que ella se ha dado cuenta del ridículo que hace su padre...

—¿Y dices que la hija de Pedro se llama Amalia?

Pepito se golpea la frente con la mano.

—Esto sí que se pone bueno. ¿Pero se puede saber qué líos te traes? Has sido tú el que ha preguntado por no sé qué señorita Amalia, ¿comprendes? Así que déjalo de una vez... Y cállate, que te vendrá bien.

—Venga, muchachos, que ya queda poco —gritó el encargado.

Unos cuantos martillazos más y la plaza desaparecería del todo. Los obreros cargaban tubos y maderos sobre el camión con una rapidez de trabajo repetido cientos de veces. De la barrera, sólo quedaba en pie uno de los burladeros, con un rombo blanco sobre el rojo chillón. Los chiquillos buscaban huellas de pezuñas en la tierra amarilla: Mira, Goyo, aquí fue donde te agarró el bicho. El novillero se acercó al lugar donde estuvieron los toriles. El terreno ya estaba limpio de excrementos, pero Goyo recibió con un gesto de cierta emoción el olor agrio y no sé cómo de la bravura, nunca buen olor, ni demasiado malo. Tampoco peste, quizá por todo lo mucho que pueden suponer esos olores para quien se propone salir a todo correr de la pobreza. Y si cortas un rabo, ¿quién se acuerda del estiércol? Perfume de rabo, eso: mismamente esencia de rabo de toro.

Si don Joaquín hubiera estado junto al Goyo que husmeaba el rastro de los novillos le hubiera dicho sin mirarle, con voz cansina de tanto castigar con desprecios: Sueña, sueña, chaval, que así se llega la mar de lejos. Nada de aprender, ni tanto así de amasarse el valor por dentro como quien lucha con un trozo hermoso y duro de barro nuevo. Sueña, tú

83

sueña mucho, y verás lo que tardas en quedarte con el hambre para los restos.

¿Y si el apoderado se llegara a enterar de lo de aquella mañana? Le llamó Julián, el carnicero: ¿Ves este solomillo? ¿No te imaginas de quién era?... Claro que sí. No hacía falta afirmarlo con palabras. Cogió el buen pedazo de carne de novillo y le tomó el peso con ambas manos. Julián comentó con una ironía cariñosa: Parece como si estuvieras meciendo a un niño chico. Pero Goyo estaba muy lejos de la carnicería, sin nadie delante, en un día del futuro, tomándole el peso a sus millones... Julián: ¿cuánto pesará un millón de pesetas? El carnicero alzó los hombros: Vete a saber... Y, además, dependerá de la clase de billetes. Goyo soltó el solomillo sobre el mostrador de mármol: En billetes de a mil... Julián se pasaba la mano por la boca: Pues debe pesar alrededor de un kilo. Porque un billete verde pesará, por lo menos, un gramo, digo yo... Y cuando Goyo se marchaba como sonámbulo le pidió el buen hombre que aguardara un poco: Quiero que te comas hoy lo mejor de este solomillo. Y de un tajo con el acero panzudo cortó la punta y se la envolvió en un trozo de papel crujiente. Y ten paciencia, Goyo, ten paciencia.

Sabrosa carne aquélla. La madre, sentada frente a él. ¿Está rica, hijo? Y una vez más la mano que le acariciaba el pelo y que le apretaba después en un hombro con un raro nerviosismo, entre crispados espasmos, igual que si su madre llorara con los dedos.

Nunca hasta entonces había probado la carne de toro

bravo. Todos dicen que tiene muchos más nervios que la otra, porque es mucho lo que sufre un bicho de esos durante la lidia. Pero, claro está, aquel novillo no había sido toreado. Alcanzó a Goyo de salida y lo liquidó el puntillero en el corralillo de la plaza portátil, de noche casi. ¿Te duele la cabeza, hijo? Y de nuevo, la misma caricia: por el pelo, y, después, sin remedio, la mano que vibra como una garra en la dura redondez del hombro... Cada día te pareces más al pobre de tu padre: miraba así como tú, muy triste, ¿sabes?, y como si estuviera siempre en otro sitio.

Un airecillo gris culebrea a ras de suelo hasta que se alza, por fin, en numerosas embestidas de polverío. Los niños presienten la lluvia y desembocan por la primera calle como un arroyo de chillidos.

—Buen chaparrón se nos viene encima —anuncia uno de los obreros que terminan de amarrar el alto cargamento de hierros y tablas.

—Tú, aligera y vámonos —grita el capataz bajo los primeros goterones.

Se aprietan todos, como pueden, en la baca del camión.

—Oye: dentro no cabes ya. Pero súbete en el estribo y te llevamos hasta el pueblo.

Goyo agradece el detalle con un gesto y ve partir el camión. El tableteo del agua sobre las tablas rojas es mucho más fuerte que el ruido del motor viejo. Finalmente, dobla la primera esquina y Goyo se queda solo. Le agrada sentir, cada momento más gruesos, los dedos fríos de la lluvia. Se deja ganar todo él por la calentura húmeda que el agua levanta de la tierra. Y mientras camina sin prisa alguna hacia las casas, se pone a recordar a Marga, la treintona que conoció, nada más que de vista, hace cosa de un año, en una sala de fiestas, ancha de caderas, culata de yegua, cara y boca como hecha expresamente para dormirse en ella y olvidarse hasta de cómo te llamas. Don Joaquín le había llevado aquella noche a tres o cuatro sitios alegres, porque según él es bueno que un torero nuevo conozca a tiempo las tumbas donde están enterradas las fantasías de verdaderos montones de cucañistas de la gloria taurina. Y con la sangre llena de alfileres, al hotel donde pisó las primeras alfombras de lujo, tres días antes de su debut con picadores. Hasta mañana, Goyo, y que descanses. La voz del apoderado tenía sonajeros de guasa...

Entre el pinar y el pueblo parece más larga la distancia por culpa de los cinco peñascos grandes que se ponen delante de la senda, como si la senda fuera una vaquilla, para obligarla en un laberinto de chiqueros, un poco antes de soltarla frente al tendido azul del horizonte.

Bien lejos quedan de la carretera estos altos pinos. Nada más que esa senda los coloca al alcance de las calles y de los pensamientos del pueblo. Dicen que el viejo párroco, antes de que llegara don Laureano, cura joven y «con pantalones», le pidió al alcalde que ordenara talar uno por uno los troncos de un pinar que «viene a ser el mismísimo infierno de este pueblo».

Pepito y Goyo han llegado con capotes y muletas hasta estas sombras donde todo el pueblo sabe, sin decirlo nunca, que se hicieron tantos y tantos primeros hijos. Es el pinar un mundo aparte en esta tierra de huertas y trigos acosados por la mar de esos olivares de ramas bajas, suelo que se ara, aburrimiento de bosque al que le han arrancado la libertad de los yerbajos. Buen sitio, pues, para quien necesita separarse del pueblo, para el amor o para cualquier otra clase de locura. Como esta locura de torear que padecen Pepito y Goyo desde los catorce años: Vamos al pinar, que hoy te toca a ti lo de embestir.

—Fue una mala pata, oye... Era la primera vez que me vestía de seda y oro, aunque sólo fuese de sobresaliente, no te rías, Goyo, te lo ruego. Por lo menos, algún quite sí que estaba seguro que haría en alguno de los dos toros. Pero vino lo de tu porrazo, y adiós, muy buenas...

Goyo se había tendido sobre la yerba y no paraba de mirar en todas las direcciones altas del pinar, sorprendiendo luces y pájaros en las copas y hasta recordando, incluso, escenas con personas que no había conocido aún, pero que entraban dentro de las profecías dibujadas por su ambición.

—Don Joaquín no ha venido, y hace tres días que le avisaron de lo mío. Si llego a morirme, no llega el tío ni a la misa esa de los nueve días...

—Tú, no seas loco, Goyo. No te queda más remedio

87

que pasar por el aro. Después de todo, por ahora, te da para comer y para los gastillos.

Por el pinar se mueve un aire lento y solemne. De piedra en piedra correrán lagartos, cientos de lagartos... Y millones de hormigas... Y miles y miles de gorriones... Todos ellos a todo movimiento, a todo vuelo, libres en cada momento para elegir la piedra, la ruta, la rama...

—¿Qué se comenta en el pueblo?

Pepito se rasca pensativo una de sus largas patillas:

—Hombre: el hecho de que nadie haya protestado contra la suspensión, ya es algo, me parece a mí. Son buena gente, ¿no? Pasaron por la taquilla y no vieron más que unos minutos de novillada. A los picadores, nada más que en el paseíllo... Y, por cierto: uno de los de a caballo, El Puñeto, agarró aquella noche una borrachera de las de extremaunción y se puso a gritar en medio de la plaza del pueblo que si él fuera tu apoderado te echaba vestido a una piscina para que se te estropeara del todo tu carnet de novillero...

Cuando regresaban al pueblo, rojizo de crepúsculo el pinar, presintieron parejas agazapadas en abrazos por los seguros burladeros de los peñascos.

En la tienda del padre de Pepito, unos vasos de blanco y taquitos de queso serrano, junto al olor marinero de las sardinas arenques, bajo las alpargatas con suelas de esparto y el jamón, un único jamón, colgando a media altura como una tentación para la saliva de la clientela.

—Pero, una cosa, Goyo: a mí me gustaría que tú me hablaras claro sobre el porvenir que Pepito puede tener en el toreo. Porque, la verdad por delante, yo le veo buena planta, y en cuanto a torear de salón, no tengo más remedio que confesarlo: me entusiasma hasta el punto de que más de una vez me pongo a aplaudirle como un loco. Pero de torear sin toro a torear con toro hay mucha diferencia... Estilo tiene, eso sí, y con una personalidad que no sé por qué me parece a mí que podría formar mucho revuelo...

Pepito baja los ojos, un poco violento por las ocurrencias del padre.

—Papá, hombre, que pareces mi abuela...

—Tú te callas, Pepe. Yo quiero que tu amigo me diga la verdad, sin rodeos ni miramientos. ¿Promete éste o no promete?

Goyo no encuentra palabras con las que quitarse de encima el toro pegajoso de la pregunta.

—Hombre, eso no se sabe. Yo tampoco puedo decirle si podré llegar o me quedaré en el fracaso. Pepito tiene mucha afición y diecinueve años.

—Total, que no te aclaras, muchacho —corta el padre fingiendo un enfado que no siente, mientras valora la estampa delgaducha del hijo con unos ojos avivados hasta la exageración por el optimismo de la sangre. Goyo desvía la mirada. Pobrecillo si supiera lo que le dije al hijo en la tarde aquella de tentadero: A ti, Pepito, te falta para ser torero nada menos que tener cojones en el corazón.

Cuando la ilusión se le reseca hasta el punto de que la boca misma se le queda sin saliva, le pide la bicicleta a Curro y pedalea con tristeza, cuesta arriba, hasta que llega a la Venta de la Curva. Siempre al verle llegar rompe un vaso el abuelo Gregorio, no por temblor de emoción, sino por celebrar la llegada de Goyo al estilo cosaco, detalle que repite el viejo una y mil veces como si nunca lo hubiera explicado.

Viene a ser como si el novillero acudiera a darse un baño de entusiasmo, a limpiarse por dentro la mugre del pesimismo en aquel parloteo de mentiras tan alegres y luminosas.

Esta vez estaba sentado fuera, a la sombra del emparrado, el sombrero de paja sobre los ojos, echadas a dormir las piernas, descalzos los pies de un color azulenco especial que sólo tienen, según él, las personas que no necesitan dineros ni recomendaciones pada poder casarse todos los días con la mismísima felicidad.

Goyo le ha levantado suavemente el sombrero:

—Buenas tardes, viejo, ¿con cuántas chavalas sueñas, so sultán?

Se ha puesto de pie con los brazos en alto, gritando de momento, a cosa hecha, nada más que con los ojos, la boca abierta en mueca de chiquillo.

—Pero qué gran sorpresa, nieto, qué sorpresa, oye...

Ha entrado en la Venta con la agilidad de un asustado, y ya está ahí con un vaso de vino que alza un momento sobre la calva brillante para tirarlo con cariñosa rabia sobre el empedrado.

—Esto es, Goyito, esto es lo que hacen los cosacos cuando ya no les cabe la alegría en el cuerpo.

El abrazo del abuelo Gregorio no se parece a ningún otro, esto es verdad, no lo ha dicho él, únicamente lo sabe su nieto: aprietan sus brazos con una fuerza como salida del alma de los huesos y tiene su piel un hondo color a Nochebuena con polvorones y vino moscatel y música de campanilleros por las plazoletas del frío.

—Siéntate y cuenta, Goyito, venga, nieto, no te quedes paradote. Ya me dijeron que el otro día por poco te desnucas. Y en una plaza portátil, tú en una plaza portátil, para darle gusto a los paisanos, qué cabeza de chorlito. ¿Sabes lo que estaba viendo ahora, al llegar tú? No en sueños, no, sino en la orilla esa de más acá del sueño, donde se conocen cosas que no pueden ni imaginarse.

Hizo un alto en la verborrea, apretó los labios hacia dentro como si comprobara el vacío de la dentadura. El nieto miraba sonriente: Ya me estoy bañando en la palabrería del abuelo. Entrecerró los ojos para que lo inmediato que dijera el abuelo le cayera por encima como un agua de milagro.

—Estabas tú, Goyito, de noche, en mitad de la plaza del pueblo, rodeado de mucha gente importante de la capital, y los del pueblo arracimados en las tres bocacalles, todas las miradas puestas en la parte de frente a la iglesia, donde muchas y grandes cortinas ocultaban algo. Hasta asustaba un poco tanto silencio con nada más que la luz pobretona de las cuatro farolas antiguas. Yo me pensé: fuegos artificiales. Eso, de un momento a otro van a empezar unos hermosos fuegos artificiales. De pronto, tú, Goyito, no ninguna de las autoridades allí presentes, sino tú, hiciste una señal levantando el brazo derecho y se descorrieron en un santiamén todas las cortinas y se encendieron miles y miles de focos y sonó un pasodoble, tu pasodoble, sí, tu pasodoble tocado por una orquesta de por lo menos cien músicos. Y eran tantas las luces, que me cegaban, Goyito, y yo no podía poner en claro lo que era aquella fachada tan bonita. Hasta que, por fin, me dijo alguien al oído: Pero fíjese usted en el letrero luminoso. Y, entonces, leí en aquellas letras rojas de más de dos metros de altas: Goyo - Festival... Comencé a preguntarle a los del pueblo que cómo era aquello, que cómo había desaparecido el bar de Curro, la tienda de Roberto, la casa de Juan el zapatero. Y en ese preciso momento, pues has llegado tú y me has levantado el sombrero de paja, y he vuelto a la luz del sol. Y me alegro. Tú sabes bien que no quiero que llegues a persona importante.

El novillero se ha quedado serio. Quizá no sea bueno venir de ahora en adelante a escuchar al abuelo. Me duelen ya sus fantasías, tantas adivinaciones locas que nunca podrán cumplirse, y al mismo tiempo, siempre tan contrario a que los sueños se cumplan.

—Si tú lo dices...

Extendió las piernas, más azulencos que nunca sus pies de aristócrata del sueño, y se colocó el sombrero de paja sobre los ojos.

Desde la parte trasera de la venta llegaban los atolondrados ruidos del gallinero, donde el abuelo Gregorio recoge, cada día, de tres gallinas, entre quince y veinte huevos, cada uno con cinco o seis yemas, porque a tiempo pegó por las paredes todas del corralillo las tapas esas amarillas de cuadernos escolares que llevan la tabla completa de multiplicar.

Goyo sabía que el abuelo Gregorio no le llevaría jamás de nuevo hasta el corralillo para enseñarle una caseta de perro de gran mansión, y, dentro, una cadena con un collar en torno todavía de un cuello de esqueleto: Es mi viejo mastín, el mismo que me regaló el emperador de Persia cuando se paró en mi venta y me pidió, poco menos que de rodillas, que le contara el secreto de mi cordialidad. Y es que, ya verás: resulta que el emperador de Persia se detuvo en mi venta, porque sintió desde cincuenta kilómetros antes, una voz interior: Párate en la Venta de la Curva, párate en la Venta de la Curva. Buena persona, ¿sabéis? Y me daba pena de él, tan rico el pobre.

Goyo siente deseos de acercarse y acariciarle y besarle: Tan viejo, tan sólo él, no importa que sea por su voluntad... Yo no quisiera irme sin un abrazo de los suyos: polvorones y vino moscatel para los niños mientras suena la música de los campanilleros en las plazoleta del frío.

—Adiós, abuelo... Oye, que me voy, abuelo...

Nada se mueve en su figura de gran duque de sí mismo. Pero nada más montarse Goyo en la bicicleta y dar la primera pedalada, brota la voz del abuelo por entre los resquicios del sombrero de palma:

—Eres lo mismo que tu padre, Goyo, lo mismito: tú, en querer ser torero, y él, en aquello de poder haber sido un buen cantaor. Dos cobardes los dos. Tu padre, el anarquista, hala, a quemarlo todo, se suicidó en una charca de tres metros de hondo, en agua turbia y sucia. Y tú, qué pena, Goyito, hombre, querer ser torero sin apoyarte en los sueños.

Goyo deseaba alejarse cuanto antes de aquella voz que seguía castigando desde bajo el raído sombrero de palma. Estaba ya en la carretera cuando le llegaron las preciosas palabras del abuelo Gregorio:

—Adiós, nieto, buen viaje, y no corras demasiado con el descapotable, no sea que se te cruce un niño y lo mates...

La capital se te echa encima. Nadie te conoce precisamente donde tú más deseas que te conozcan todos, que vuelven la cabeza: ahí va Goyo, el torero. Cuando va solo, sin dirección determinada, acaba por apocarse. Pareces un perro callejero, te detienes en cualquier esquina, vuelves sobre tus propios pasos, hasta se te caen los hombros, el pecho hundido, los brazos descolgados de aburrimiento. De pronto recuerdas: No sé cuántas veces tendré que decírtelo. Un torero tiene que ser torero tanto en el ruedo como fuera del ruedo, ¿me oyes? La cabeza alta, nada de andares desgarbados, las puntas de los pies para adentro y una elegancia muy chula en el andar, sí, muy chula, como si fueras haciendo el paseíllo. Estiras la figura. Tarareas un pasodoble. Y las puntas de los pies, para adentro. Te encuentras ridículo.

Todavía falta media hora para las seis. Antes no. Don Joaquín duerme la siesta. Siempre un pijama a rayas. A las seis, siempre se acaba de duchar y le chorrea por las patillas el agua de colonia. Nunca le mira de frente, suelta las palabras para otro lado, hacia una pared o al techo, para que le lleguen a Goyo de rebote. Hay que guardar las distancias. Bien claro que se lo dijo en cierta ocasión: Mientras no se demuestre lo contrario, todos los que os metéis a torear sois unos golfos y necesitáis mano dura. Sí. También un apoderado tiene que saber parar a su torero, para después poderlo templar y mandar. Y, si no es así, golfos para toda la vida, golfos nada más. Y sin tabaco, aunque con orgullo, eso sí, porque menudos sois para esto de criar soberbia.

A ese tío le tengo yo que llamar de tú algún día. Le hablaré sin mirarle a la cara: oye tú, Joaquín. O, mejor, nada de Joaquín, de tú, pero con el don por delante, que así resulta más redondo el cachondeo. Oye tú, don Joaquín... No me repitas esto, don Joaquín... Que te he dicho que te quites de mi vista, don Joaquín de la puñeta...

Cuando llevas algún tiempo en el pueblo, las calles de la capital marean. Chavalas que se cruzan contigo, el pasito ligero y corto, los ojos ni descarados ni por el suelo, a media altura, en un ten con ten, viéndote del todo, pero como si no te vieran, sin negarte el terreno justo para el piropo y para que uno complete con el olfato el apetito que se te ha colado por los ojos... Del tacto, nada. Las manos, locas por las puntas de los dedos, torean nada más que de salón en la lidia de las caricias... ¿Y si alguna se te quedara fija y embebida en el capote de tu calentura? Vamos, tú, que se te diera esa morena que se acerca... Goyo saca del bolsillo de arriba el azul importante del telegrama urgente. Ya no ves el cuerpo tostado: Mañana a las seis en punto en mi casa sin falta don Joaquín. Presientes la extrañeza humillada de esos ojos negros que quizá te buscaban los tuyos desde aquella lejana esquina. En mi casa sin falta don Joaquín. Ni por telégrafo se le olvida el don. ¿Ha pasado o no ha pasado la morena? Desvías la mirada por el filo del telegrama hasta las losetas de la acera. Unos zapatos de hombre, otros zapatos de hombre, unas piernas lentas de mujer casi vieja, y cuando nadie pasa ya, resbala tu mirada un poco al fondo, camino de la pared, hasta que... Ahí están los zapatos rojos, los tobillos finos color de chocolate clarito, y qué bien dibujada la carne hacia arriba, sin sorpresas, todo tan morenamente cada vez más ancho muy poquito a poco... La muchacha está de espaldas, mirando o haciendo como que mira las cosas del escaparate... Huye, Goyo, huye, que no falta más que un cuarto de hora, telegrama urgente, y don Joaquín ya sabes cómo es, búscate otro apoderado, no, Goyo, no mires más esas pantorrillas, zapatos colorados, carne enemiga del telegrama cabrón, mira el reloj, diez minutos faltan, a las seis en punto, quizá novillada a la vista, pijama a rayas, colonia que chorrea por las patillas del tío gordo, y venga de hablar a las paredes para que tú te enteres por el eco...

—¿Que don Joaquín ha salido? Pero si me puso ayer un telegrama, citándome para esta misma tarde a las seis...

—El señor dejó dicho que si venía un muchacho, así como usted, le dijera que esperara en el pueblo noticias suyas —y la criada cerró la puerta con una parsimonia la mar de pícara.

Un muchacho así como usted. Tiene guasa la cosa. Así como yo... De pueblo ¿no? La culpa no es de la muchacha, cofia rizada y delantalito blanco, uniforme negro de los de brillo, de los que parecen hechos para uno ser rico y pedirle que traiga cualquier cosa y revolcarla en el sofá o sobre la alfombra gruesa... Seguro que don Joaquín le hizo una descripción tuya: ni alto ni bajo, y bien plantado, aunque algo catetillo.

De nuevo las calles, los coches, la gente que camina con una urgencia triste, como con un extraño miedo a llegar a casa y encontrarse con que todos se han ido, sin dejar un recado, y no saber qué hacer, a solas entre tantísimos rostros y ruidos.

Goyo deseaba volver cuanto antes al pueblo. Nunca lo había echado tanto de menos. Recordó la plaza, al anochecer, tal y como se ve allá abajo desde el cruce de la carretera, con personas que pasan y se detienen a charlar de sus cosillas, la casa al alcance de la mano, sin otras prisas que no sean las de curar la matadura de un mulo o echarle aceite al tractor o preparar el último guiso del día... Qué tranquilo hormiguero, gente conocida toda desde siglos, como una piña vieja de cariños y también de rencores, pero tan cara a cara, tan juntos, que llega una mañana y se disuelve el odio de los abuelos como un azucarillo en la sangría que preparan para la boda de un nieto y una nieta, y nadie se acuerda ya de aquel guerrero negarse la palabra entre familia y familia.

A las siete y media salía un autobús hacia el pueblo. Goyo aligeró el paso aunque le quedaba tiempo de sobra.

Nada de la cabeza bien alta ni del andar con chulería elegante, las puntas de los pies para dentro... Goyo era nada menos que un muchacho de veinte años que necesitaba, por vez primera, llegar cuanto antes a la pobre y segura tranquilidad de un rincón pequeño de caras y casas conocidas.

Cerca estaba ya de la estación de autobuses cuando se detuvo pensativo:

Tu padre, Goyo, de fijo que se sintió anarquista después de toda una tarde sin nada que hacer por el centro de la capital, enloquecido sin remedio por ese terror que llevan gravados los rostros de tantas prisas... ¿Por qué no ponerse a producir tan sólo pan y dinamita?... El pan, por sobrevivir, y la dinamita, para extremar la locura, salto atrás hasta la cueva, el se acabaron las corridas de toros y los donjoaquines todos del mundo, y los kilos de billetes y el fulaneo de la treintona con culata de yegua madura, cuerpo a tanto la ración de gusto.

Y tú, Goyo, ni siquiera has ido a la charca esa donde dicen que tu padre se tiró a morir. Ni por foto le conoces. Sólo sabes que dicen que era un anarquista y que a tu madre, cuando él murió, se le quedó la vida como parada, peor que muerta, envejecida y aniñada, un silencio muy negro en la cocina.

Abrió el cajón más alto de la cómoda y se pasó un buen rato removiendo cuidadosamente sábanas quizá nunca extendidas, prendas de novia que ella se llevaba a las mejillas con la querencia puesta en una felicidad tan lejana y tan corta que más bien parece inventada. Y, por fin, dos fotos, las dos con sus marcos. Pasó un pañuelo limpio por los cristales y se las entregó al hijo bajo la luz de la bombilla, para que las viera mejor, y con cierto orgullo.

En la más grande, los padres de Goyo, poco después de la boda. Foto con alto y desangelado macetero, foto mal coloreada, foto que parecía intentar, sin conseguirlo, una sensación, un detalle que tuviera que ver algo con la alegría. Pero no: la sonrisa difícil del padre apenas si había logrado entreabrir la boca, aquel brazo derecho sobre los hombros de ella no amparaba, sólo estaba cumpliendo la postura que el fotógrafo le dijera. Lo mismo que la mano izquierda, metida en el bolsillo del pantalón en un penoso remedo de elegancia que no le iba. Y la madre, pobrecilla, toda ella mirada para su hombre, mirada vigilante y como de estar presintiendo que pronto se le iría, y no con otra, no, sino así, como fue, en un avenate amargo junto a la charca turbia.

—Estoy ahí guapa yo ¿verdad, Goyito?

Pero el hijo ni la oía. Clavaba sus ojos en los del padre, adivinando pensamientos, sueños o locuras en aquella mirada de pupilas fijas en otras muchas cosas que no eran ni la boda, ni, mucho menos, el fotógrafo y su máquina, ni tampoco ella, la hija de Gregorio, el de la Venta de la Curva.

—Tu padre también estaba muy guapo, hijo. Tenía los ojos como los tuyos, fíjate bien...

Goyo cerró los ojos. No quería ver más aquella escena de amargura, aquel origen suyo de corazones que no podrían salvarse jamás de todo lo malo de la vida. Dejó el retrato de boda sobre la mesa y besó muchas veces a su madre en las manos, en los ojos, hasta que le reventó el llanto, antes por la boca que por los ojos...

—Pero si no has visto ésta —dijo la madre señalando la otra fotografía—. Se la hizo tu padre cuando entró en quintas. Date cuenta de lo atractivo que está. Sirvió en artillería, ¿sabes? Por eso lleva esas bombas en el gorro y en las dos puntas del cuello.

Bombas, pólvora, dinamita. Goyo imaginaba los estallidos mentales de aquel muchacho, la desesperación que se hacía cerilla, antorcha, incendio, borrón y cuenta nueva entre cenizas y escombros, de nuevo trigos en los cimientos de las fábricas, otra vez todos igualados por el rasero de la naturaleza, machaca-

100

da al fin la civilización y el tú eres menos y el yo tengo más y el elegir entre el pasar hambre o el pasar por el aro.

—¿Y por qué hizo aquello? —le preguntó a la madre frente a frente, casi con dureza, para que le estallara en mil detalles la memoria.

—No te entiendo, Goyito.

Él dudó unos instantes. Nunca se había atrevido a sacar esa conversación. Siempre, año tras año, había rehuido aquel tema, porque el abuelo le insistió desde antes, incluso, que llegara al uso de razón: No le preguntes por él a tu madre, que bastante ha sufrido por culpa del muy vaina... Pero, sí, quería hacerlo, necesitaba saber, cuanto más mejor, de aquella muerte.

—¿Por qué? Madre, ¿por qué se mató? ¿Por qué?

Ella se fue a sentar en su silla, en la silla de siempre, junto al fogón, de espaldas a la ventana, en las afueras mismas de la vida.

—Recuerda un poco, mamá.

No se enteraba. O no quería enterarse. Recogió las dos fotografías y, después de besarlas, abrió el cajón más alto de la cómoda y las hundió entre las sábanas nuevas, las de hacer al hijo, entre las prendas interiores que llevaría puestas aquel día del retrato tan mal coloreado, tan de pobre sin remedio que decidió irse del mundo quizá porque no servía para ser el anarquista que cuentan que era.

—¿Qué edad tenía yo cuando murió?

Reaccionó un poco, aunque más que responder, recitaba una frase que debió repetir innumerables veces a solas:

—En cuanto llegaba, se iba disparado hacia la cuna, y, de rodillas, no paraba de besar al niño, hasta que, de repente, se ponía de pie y decía siempre igual: Llorar, no. No es bueno que se desahogue el odio. Lo necesito. Hay que amontonar el odio. Lo mismo que amontonan billetes los ricos. Lo mismo.

Llamaron a la puerta. Otro telegrama: A las dos madrugada te recogerán mañana debutas plaza Madrid enhorabuena don Joaquín.

La cabeza del novillero se sintió totalmente ocupada por el ruido de tormenta que tienen las grandes plazas con los tendidos repletos, el sol encima y la avaricia de triunfos dale que te dale cuerda al corazón bajo el peso elegante de la chaquetilla. Nada ni nadie más le cabían a Goyo en la cabeza. Únicamente eso: la explosión de una plaza imaginada mil veces como hecha a la medida del borrón y cuenta nueva de la fama, la riqueza y la soberbia.

¡Qué cosas, Goyo! Hay que ver qué cambios en nada de tiempo. Con tan sólo tres días basta y sobra para que los demás te hablen con otro tono, para que a ti mismo se te abra en los adentros un balcón por donde te atreves a salir con palabras que frenabas, y exigías cosas que, antes, ni soñarlas. Y el caso es que las mismas personas te empujan, sin saberlo, a que tomes posesión de unos terrenos ante los que hace nada más tres días te señalaban muros y fronteras: oye, tú, que pisas la raya, que te estrellas...

El viaje de regreso desde Madrid te ha cansado casi tanto o más que tu triunfo. Don Joaquín te aguardaba al salir de la ducha —qué fina la espuma que consigue el jabón con los sudores emocionados del éxito— y te salió al paso de la fantasía: Dos orejas y hasta petición de rabo, pero si estás pensando en volver en avión, olvídate de eso. Mañana, en el coche, en el mismo que te trajo a Madrid, Goyo, que no quiero que te vuelvas loco.

Pero cuánta diferencia entre el ir y el venir. Enrique, el chófer, aporreó de madrugada la puerta de la casa de tu madre, poco menos que en plan de quien viene con un favor en la mano: Vamos, muchacho, que nos queda mucha carretera... ¿Pero cómo? ¿Dos maletas? Pues una, sí cabe arriba, pero la otra... Bueno, chaval, como irás en el asiento delantero, la colocas entre las piernas. Y allí llevabas tu único terno, el de azul y oro.

Al salir del hotel, Enrique le abrió la puerta de atrás: Buenos días, fenómeno. Los periódicos te ponen por las nubes. Te compré todos los diarios de la mañana para que te convenzas de lo que vales. Y hasta me atrevo a darte un consejo, Goyo: no sigas siendo tan sencillo, hombre, porque un torero tiene que ser un torero, y la gente es tan mala que no sabe valorar lo que no se da a valer. Te lo digo yo, que tengo cuarenta años y más kilómetros que un astronauta en este universo del toreo.

¿Y el detalle aquél de Felipe, el banderillero, cuando, camino de Madrid, ordenó parar el coche para tomar un bocadillo? Yo, uno de chorizo, yo de queso serrano, yo de salchichón... ¿Y tú, Goyo?... Pues yo, si puede ser, un bocadillo de jamón... Se echaron a reír los tres. Felipe escupía sarcasmos: Por favor, camarero, sirva usted los bocadillos por orden jerárquico: el primero, el de jamón, para este muchacho que va a debutar en Madrid mañana, o mejor dicho, hoy mismo por la tarde... Y mientras tú mordisqueabas tu bocadillo de jamón, te salió El Puñeto: Haces bien en alimentarte, novato, porque los tendidos de Las Ventas pesan lo suyo, y siempre es bueno llegar al redondel sin necesitar transfusiones antes del paseíllo.

Tú no te enfadabas entonces, pero sí que te irritabas al recordarlo ya de vuelta, ante una frase de Felipe: Si quieres, te compramos una almohada en el primer pueblo... Y vaya salida que tuvo El Puñeto: Yo es que, la verdad, no acabo de entender a los toreros grandes: ¿por qué lechera razón os destapáis así, de buenas a primeras? ¿Para que los subalternos metamos la pata como yo la metí? Y Enrique, el chófer, que le sale al paso: Oye, so bestia, no te las des ahora de diplomático, porque a ti, camino de Madrid, mientras echábamos gasolina en no sé qué sitio, te dio por decir que Goyo era una mierda con una guinda encima, y que me perdone el espada...

Pero tú, apenas si abrías la boca y el silencio se enroscaba dentro del coche como una serpiente cada vez más gruesa. ¿Vas cansado, Goyo?... Si quieres, paramos un poco para que estires las piernas... Don Joaquín me dijo anoche que para el año que viene tomarás la alternativa. Está entusiasmado con tu clase, aunque ya sabes cómo es, de los que se guardan los elogios, si lo conoceré yo, para que el torero no se le estropee... Tú, sin contestar, descabellando uno por uno todos los arranques de conversación, a sabiendas de que aquellos tres hombres lo iban pasando mal, por vez primera tú en oportunidad de estar por encima, de sentir que tienes gente debajo de ti, gente que tú puedes alegrar con una sola palabra o vidas que puedes entristecer sin más esfuerzo que el de quedarte callado durante kilómetros y kilómetros... Don Joaquín ha dicho que la cuadrilla será de ahora en adelante nada más que para ti... Tú lo entendías todo en el más egoísta de los sentidos: estos tres hombres son ahora como vagones, y yo, la locomotora nueva y flamante. Quieren engancharse a mí, porque se han dado cuenta de que tengo fuerza para llegar muy lejos... Si te parece, Goyo, nos paramos a comer un bocadillo... Y, al callarte, la palabra «bocadillo» se quedó girando en el interior del coche como si El Puñeto hubiera nombrado al mismísimo diablo. Enrique el chófer le dio un codazo al picador... ¿Pero qué haces? Mira que si yo te devuelvo la broma, nos salimos de la carretera. Enrique se llevó a la boca un dedo rabioso pidiéndole que se callara... Pero, bueno: ¿es que tiene algo de malo preguntar si nos podemos tomar un bocadillo?... Tú, novillero, también sentías apetito. Enrique, para en el bar del otro día, y que Felipe traiga los bocadillos para no perder tiempo. El mío, que sea de jamón, pero con un poco más de jamón que el de la otra noche.

A los seis días de aquello, la casa triste de tu madre vivió un momento extraño. Por primera vez, entre las paredes ahumadas por la pobreza, sonó nada menos que el timbre de un teléfono. De ahora en adelante no serán suficientes los telegramas —te había dicho tu apoderado—. Si los pitones no te frenan, vas a torear la tira... Qué emoción la tuya, Goyo, cuando empezaron a llamarte tus paisanos: don Antonio, el alcalde, quiso ser el primero, hacer él la primera llamada oficial a tu teléfono: Estamos orgullosos ya por el torero que vas a ser. Don Laureano, el párroco, casi lo bendijo: Que Dios permita que todas las palabras que suenen en ese aparato sean buenas y para tu verdadero bien... Pepito, no llamó. Pepito vino aquel mismo día y se quedó mirando el aparato como si nunca hubiera visto otro: Pero si tú tienes uno en casa, hombre... Pepito había descolgado el auricular negro y lo acariciaba como si fuera una especie de trofeo: Por lo visto, Goyo, no te has dado cuenta de lo que esto significa. No te rías como si de verdad lo supieras, porque tú no has caído todavía en la cuenta de que el ponerte un teléfono supone, nada menos, que don Joaquín te necesita.

¿Y tu madre? Ella no, ¿verdad? Ella no estaba alegre, ni contrariada tampoco. Aunque, eso sí, miraba de reojo aquella maquinita de hablar con el resto del mundo como si fuera en realidad lo que indudablemente sería para ella : un trasto inútil, puesto que, aparte de su amasijo de recuerdos, únicamente tú existías y ni siquiera necesitaba hablar contigo para sentirte junto a ella, por lo mismo que para poder hablar con su muerto, tampoco le hacía falta echar mano al cacharro negro y pedir una conferencia. Porque en eso de no contar con las distancias del espacio y del tiempo está precisamente la mayor ventaja de la locura.

Los cincuenta y pico de don Joaquín son más bien poco chirigoteros. Anda por el mundillo del toro un poco así como si fuera de puntillas, sin pisar ni dejarse pisar, buen cumplidor de palabras dadas a los empresarios, y una desconfianza de las de en pie de guerra para los cuatro o cinco chavales que suele recibir en su casa, siempre después de las seis de la tarde, acabada la siesta, pijama de rayas, chorreones de agua de colonia por las patillas, todo oídos para la música ratonera de quienes van dispuestos a forrarse y a forrarle de oro con la valentía exagerada que tienen todos en los despachos de los apoderados.
Unas veces gana y otras pierde, pero en veinte años de jaleo taurino ha logrado por fin una seguridad económica que le permite jugar un poco al son de su capricho. Y, sobre todo, una independencia que le

abre camino para seguir soñando con algo que nunca ha logrado: llevar a un torero hasta la cumbre, poder vivir la satisfacción de moldear y hacer, en fin, un torero grande, un torero histórico. No se conforma ya con poner toreritos en la emoción estúpida de unas alternativas que terminan como esas pompas de jabón que estallan al primer intento de altura, mientras lloran como niños miedosos los muchachos mismos que le repetían a don Joaquín un poco después de las seis de la tarde, pijama a rayas, agua de colonia a chorreones por las patillas, que estaban dispuestos a jugarse las femorales, y que habían tirado el último pitillo de sus vidas nada más encenderlo, y que habían alcanzado un odio contra la bebida, y que el asunto de las chavalas, pues que... eso, que ya llegaría su momento... Pero que ellos comprendían muy bien que con faldas de por medio... Ya sabe usted, don Joaquín, mejor que yo: se te pone el músculo adormilado,... y llega un novillo... Bueno, eso, lo que le digo: que me pienso amarrar la carne como sea... Con duchas o poniéndome a levantar unas pesas que tengo en casa, o corriendo hasta que me caiga rendido, sin más ganas que las de comer y echarme a dormir...

Pero, más tarde o más temprano, llega un día en que don Joaquín se da cuenta de que el torerito habla del toro como si el toro fuera una enfermedad y no como lo que es: Fruta peligrosa que se exprime, Goyo, no lo olvides, una fruta que suelta jugo de popularidad, de millones y de todo lo que un hombre pueda desear.

108

Son ahora las siete de la tarde. Pijama de listas. Pero las patillas, secas ya de colonia. La voz de don Joaquín no llega esta vez como rebotada por las paredes. Le mira de frente, sin prisa: Después de lo de Madrid, quiero convencerte de que puedes ser no sólo un gran torero, sino un fuera de serie... Pero, por favor, ten ojo contigo mismo.

Goyo no tenía ya, ni mucho menos, aquel mirar de perro callejero, párpados caídos, lo que usted diga don Joaquín, ya sabe usted que yo, sin usted, no hace falta decirlo... Ya no, qué va.

Don Joaquín no se sorprende ante el cambio del novillero. Es lo natural: las ovaciones de Madrid han debido meter mucha gaseosa en las venas sencillas del pueblerino, y, además, lo inevitable: los ojos de las mujeres, que muerden, que mordisquean al torero que triunfa, los grandes ojos que se contagian de la fiebre redonda y que son como candelas para un muchacho que ha soñado tanto.

El novillero aguarda más palabras de su apoderado. Hay en su mirada un brillo al acecho. Así debe poner los ojos cuando vigila los movimientos más mínimos de un toro, ojos de cazador ante una espesura del monte, ojos que saben olvidarse de lo que en cada momento no interesa... Hasta molesta un poco la petulancia con que apuntala su reconcentrado silencio, casi una provocación para quien sabe de sobra que Goyo ha llegado ya a la encrucijada donde los toreros abandonan el camino de los respetos ciegos.

Piensa don Joaquín que, incluso, si quisiera, podría

109

sorprender al muchacho adivinándole los pensamientos uno por uno: que ya va siendo hora de que el tío este me suelte a mí un montoncito de billetes verdes... Y que ya está bien de disimulos: que tiran mucho de uno las mujeres cuando se tienen veinte años, y como el cuerpo trabaja, digo yo que... Y también, cómo no, que, desde ahora, es justo que todos los contratos, sin tanto así de prisa, se los lea quien pisa los terrenos de la leña...

Pero el apoderado quiere evitar una salida que suele darse en estas circunstancias: y si no le parece bien, usted por su lado y yo por el mío. Y no. Eso no. Es otra la lidia que necesita un novillero que se encampana por vez primera: pases cada vez más bajos, pero amables, sin demasiado quebranto: Por lo pronto, aunque todavía llevo echado por delante mucho dinero del mío, te voy a dar ahora mismo unos billetes para que no sigas tan serio. Sacó un sobre del cajón de la mesa y se lo entregó sin palabras, deseoso de poder estudiar las reacciones del muchacho.

A punto estuvo de alargar la mano con un impulso de hambriento. Pero no. Se ha dominado, ha sabido retener esa mano que se le disparaba como una garra, y no ha movido ni un dedo cuando su apoderado dejó el sobre delante de él, en la mesa. Después, no le salen los movimientos con la aparente indiferencia que se ha propuesto. Por el contrario, le han temblado los dedos al palpar el bloque compacto que forman los billetes en el sobre abierto, y hasta ha cerrado fuerte los párpados para que los ojos no se le

110

fueran detrás del dinero, mientras la mano la guarda en el bolsillo de atrás, en nerviosa lucha con el maldito botón que no acaba de pasar por el puñetero ojal. Don Joaquín aprovecha el momento: Vaya, Goyo, ¿ni los cuentas? Como única contestación abulta con soberbia el labio inferior. De inmediato, se puso en pie. No olvides de ir a los sastres. Necesitamos tener cuanto antes dos ternos, y de trajes de calle, otros dos, por lo menos. Goyo dio su conforme con un movimiento de cabeza. Se estrecharon las manos. La de don Joaquín le pareció al novillero una mano totalmente distinta, mucho más cordial, sin aquella otra blandura de antes, por la que parecían resbalar los dedos flojos del desprecio. Y lo dicho: mañana te llamaré para decirte si definitivamente toreas el domingo. Goyo contestó con un «de acuerdo» y se fue muy decidido escaleras abajo, despacio, con una chulería muy elegante y con las puntas de los pies muy toreramente metidas para adentro.

—Oye, Joaquín, que ya se ha ido... ¿Cómo? Sí. Todo bien... Mira: lo mejor será que vengas... Te espero...

Marga colgó el teléfono. La noche se había hecho más calurosa. Encendió un pitillo y se acodó en la pequeña terraza del piso último. La calle, casi desierta, sin brisa y como muertos los árboles, sólo con vida en la oscuridad los anuncios lejanos del centro, guiña que te guiña como superfulanas ca-

111

llejeras. Ahora vendrá el fabricante de toreros y me pedirá detalles, como si yo fuera una máquina registradora o cosa por el estilo. Le tendré que decir la hora exacta en que me llamó, y la hora exacta en que yo le abrí la puerta, y la hora exacta en que esto y lo otro, y así, hasta que, por fin, le tenga que decir la hora exacta que marcaba mi reloj cuando el muchacho se fue, pobrecillo, satisfecha su carne hasta el agotamiento, pero sin querer dar por terminado todo aquello: Marga, puedo pasar toda la noche contigo... Y desde aquí me voy por la mañana a casa del sastre, me estoy haciendo ropa de torear y también de vestir, estoy embalado, ¿comprendes?, mira este recorte, es de un periódico de Madrid, me ponen por las nubes... Que no, Goyo, que tengo que salir dentro de quince minutos. Pues no me voy ¿estamos?... Me puse muy seria: Oye, tú, no sé por qué me parece a mí que me he equivocado contigo... Y se iba, por fin, ojeroso, vencido, entregado: ¿Cuánto te debo?... No, si tú acabarás por enfadarme... Bueno, mujer, toma eso para que te compres un regalo, y me puso delante dos billetes grandes. Aproveché la ocasión para rechazarlos y poner cara de muy enfadada. Abrí la puerta del piso y le empujé cariñosamente hacia la puerta del ascensor...

Marga recordaba ahora el principio de todo aquello. Joaquín fue a verla de madrugada a la sala de fiestas: Necesito que le alivies la fiebre a un novillero mío que puede llegar hasta la luna. Él ya te conoció hace tiempo. ¿Y sabes lo que le dijo a un ban-

112

derillero? Pues que eres como una yegua en su punto, y que se moría por las anchuras de tu culata...
¿Y no relinchará ese novillero tuyo? Total: a las seis de la tarde le recibiré en mi despacho para entregarle la tela, diez mil duros... Tu número de teléfono ya lo tiene, porque yo me encargué de que lo tuviera a tiempo. Así es que tú no te muevas de tu piso a partir de las siete...

Pronto llegó la llamada de Joaquín: No hace ni cinco minutos que ha salido. Se guardó la pasta sin mirarla. Puro orgullo, cosas de novillero que ha triunfado nada menos que en Madrid. Le he seguido desde una ventana cuando se alejaba por la calle, a ver si echaba mano al bolsillo de atrás para salir de la intriga enorme que lleva... Es listo el muchacho, y yo me alegro, pero creo que no tardará mucho en entrar a un bar, pedir un café o un refresco y, como quien no quiere la cosa, a contar billetes se ha dicho, y a llamarte por teléfono... Y en esto, se equivocó de todas todas el fabricante de toreros: sonó el timbre de la puerta, madre mía, a ver quién es ahora, y cuando abro, me llamo Goyo, soy novillero y vengo a... ¿A qué, muchacho?... Bueno, yo iba a decirle que venía a visitarla, pero como soy como soy, la verdad por delante, no me importa si me equivoco, yo vengo a comérmela a usted y a que usted me coma... Y lo decía todo tan tranquilamente, quietas las manos, seguro de sí mismo, con una especie de guasa muy rara... Porque sus ojos recuerdo muy bien que se ponían hasta bizcos de tanto enredarse en mi cintura. Estaba clavado en el suelo, pero con las

113

manos locas, rascándose la nuca, el cuello... ¿Quieres beber algo? No tuve tiempo de llegar al mueble bar... Pero, muchacho, ¿es que te has vuelto loco?...

Marga llegó a sentir miedo cuando los labios de Goyo le bebían la respiración en aquel echarla sobre el sofá, torbellino de fuera ropa, dedos poderosos que destrozaban telas...

Con todo, para Marga no ha sido un insulto. Le ha hecho sentir un placer animal, impuesto, casi en la raya misma de la violación, libre, por fin, alguna vez, de la monotonía preparada por el hombre que paga la botella de champán y cierra su noche de lujuria con el sucio alquiler de un agujero. Y todo muy distinto también de aquella noche, feria en el pueblo, dieciséis años, Marga, y el primer novio que la atonta entre licores dulces y palabras que encaracolan el oído con el aliento de las cuatro cursilerías calientemente dichas, cada vez más lejos de la musiquilla, hasta que la noche los emborrona por los principios del campo, chasquido de ramas, arena con saliva por los labios, y jadeos de galgo que suelta la liebre mordida y muerta.

Después, la fuerza adormilada del potrillo Goyo y el dominio sereno de la yegua Marga: Niño, qué bestia eres. Los dedos que se hunden culebrones bajo los cabellos alborotados, y a esperar las cosas que cuentan casi siempre los muchachos que acaban de catar a una mujer del todo, mientras les gana un cansancio tibio, aniñados de nuevo, cuando, por fin, se libran del alquitrán acumulado en los primeros años del deseo. Marga ha llegado a pensar que se ponen a contar cosas de su vida porque se sienten como recién nacidos en la hombría, y también en esto necesitan por lo visto una especie de madre que les mime nada más dado los primeros pasos. Después, no. Después, ya de hombres, entregan hasta su dinero, pero nunca su historia. Ocultan la profesión, esconden sus apellidos, escuchan con fastidio los relatos llorones que acostumbran a soltar con unas copitas las mujeres del oficio, chiquillas para siempre, niñas tremendas que se emocionan con una muñeca o por culpa de un vientecillo que les traiga un perfume a patio de casa pobre donde nunca podrán volver a poner los pies.

Marga conoció, en poco tiempo, paisajes, durezas y nombres de la vida de Goyo: lo del padre en la charca, la imaginación a galope del abuelo Gregorio, el fantasma de luto que era su madre en la cocina, la tarde aquella de coger un trapo y querer ser torero, la humillación callada de muchísimos días, y, muy en especial, por la tarde, siempre después de las seis, en el despacho de un hombre en pijama, colonia a chorreones por las patillas, echadas sus palabras a las paredes y él teniéndolas que recoger de rebote... Hasta lo de Madrid... Hasta el sobre de hace unas horas, cincuenta mil pesetas, oye, ninguna tontería, a la legua se ve que mi apoderado es un tío que sabe y, a la vuelta de la esquina, el coche...

Cuando llegó don Joaquín se cuadró Marga como un soldado y se llevó la mano derecha hasta la sien:

Mi general, misión cumplida. Pero al apoderado de Goyo no se le escapaba la tristeza de sus ojos.

—Espero que no te hayas encaprichado con el muchacho —dijo con musiquilla de humor, aunque sin poder ocultar cierta preocupación.

—No —contestó ella secamente—. Puedes estar tranquilo. No seré yo quien te malogre al torero.

Pero Marga no quiso aclararle la verdadera razón de aquella tristeza tan repentina: siempre le pasaba igual cuando veía nacer bajo los ojos de un muchacho las ojeras azules que, con el tiempo, se vuelven más negras y más hondas.

3

Que no, que le he dicho que no. Total, la pobre llevaba muerta desde siempre. Nunca vi a mi madre del todo viva. Cierran el ataúd. Además, nunca he visto un muerto. Es decir, sólo a un niño, amigo mío de juegos. Pasar a verle, decía el padre en el patio, no os asustéis, está como dormido. Y no más muertos. Menos, ya de torero, ni hablar. Los he visto nada más que en fotos, narices afiladas, gestos como de tener ya miedo a los gusanos. Lleno está el cementerio. Todos los hombres del pueblo aquí, hasta los viejos y los niños. De fuera, nadie. No se publicaron esquelas mortuorias. Último gori gori de los curas. Qué triste lo hacen todo: las campanas lentas, las casullas de negro y oro, la cruz forrada de luto. Todas las miradas sobre mí: a ver si llora Goyo, sería la primera vez, hasta las piedras se ablandan algún día, que una madre es una madre. Y mis ojos, secos, resecos hasta picarme, incluso, pero no me llevo la mano hasta los párpados, no, porque en seguida: mira, ya se limpió una lágrima. Necesitan verme sufrir, más que por otra cosa, por verme alguna vez a su rasero. Alto es el nicho, penúltima hilera en el paredón recién encalado, quinta fila de barrera, sí, porque parece un tendido, un extraño tendido de sol, sólo que sin rostros, lápidas con nombres, tu mujer y tus hijos te recuerdan, mentira, todos huyen a lo suyo, también yo, cómo corren los del andamio, con qué habilidad ciegan el hueco, cemento y ladrillo, cemento y ladrillo, hasta que sólo queda un hueco en la parte de arriba, por un segundo nada más, y todo, por fin, se ha quedado más allá del tabique, le han cerrado la boca al más allá, ea, se acabó, ya está en el otro mundo, vámonos... Padre nuestro que estás en los cielos... Don Laureano el párroco no está dispuesto a dejar pasar la oportunidad de meter religión en las cabezas de este pueblo que yo he podrido. Muchos rezan en alto, con miedo, como acosados por la presencia de tanto muerto... Dios te salve, María, llena eres de gracia... Don Laureano mira de reojo hacia mis labios, a ver si se mueven, pero yo ni me acuerdo de los rezos, mira hacia el suelo resignado, descanse en paz, así sea. Se mueven todos a mi alrededor, mirada en redondo, lentamente, en silencio, como si la muerte de mi madre la hubiera heredado yo de algún modo. Hasta que don Antonio el alcalde se decide a acercarse, me extiende la mano y aprieta las mandíbulas como si de verdad frenara el llanto. Y sin parar, manos y más manos, caras serias, caretas de pena. Qué paliza. Tengo la muñeca dolorida como en faena larga y trabajosa de marrajo. Al final, inclinación de cabeza del cura que se va con su aire de joven envejecido, gruesas canas que resaltan al filo del bonete, preocupaciones profundas que le pesan en los andares... Desde el otro patio del cementerio, camino de la puerta, llega un rumor de palabras a media voz. Deben ir comentando: Pues no, ya lo has visto cómo no lloró, es de piedra el tío o está loco, sí, loco, sí, un mal bicho, eso, un monstruo, estaba fastidiado de tanto entierro, hasta suspiró al acabarse el avemaría... A mi lado, don Joaquín, sin atreverse a soltar palabra. Los de la cuadrilla están puestos en fila, lo mismo que soldados, sin saber qué hacer con las manos, con temor a que sus miradas se topen con la mía, quizá porque presienten que estaré inventando alguna diablura para mi desahogo, y vete a saber si Pepito no tendrá miedo de que yo les organice alguna judiada a mis subalternos, mandarlos meter en nichos vacíos, no estaría mal, aunque yo no sé si cabrían las anchuras del Puñeto. Y don Antonio, el alcalde, domesticado con billetes, espera mi decisión de irnos, lo desea, está muy bajo el sol, dentro de poco anochece y no es buen sitio este... Oiga usted, alcalde: dígame dónde enterraron a mi padre... No sé, Goyo, de fijo no sé, supongo que en aquel rincón, en el suelo, porque en casos como el suyo, después de la autopsia, y como se suicidó, lo enterrarían muy de mañana... Y sin nadie de la familia, claro, porque mi abuelo Gregorio no vendría, qué va a venir a enterrar al vaina de su yerno, el anarquista loco que besaba a los mulos en la frente, ahí, sin lápida ni cruz, igual que un perro, a seguir ahogándose los días de lluvia... Qué fieras todos, yo también, pero yo sin disimulos, yo más a lo tigre, más al ataque abierto, de frente, jugueteando entre las zarpas con los ratoncillos que me odian y no se atreven a morderme... Venga, vamos, que está bien de cementerio, ya volveremos dentro de poco, el día que los albañiles me terminen el panteón que tengo dibujado aquí en la mollera, tumba bonita, de mármol verde olivo y con un toro negro de tamaño natural y muerto a estoque. Pero no pensemos en eso, que todavía falta casi medio siglo para que al cuerpo se le acaben las ganas de cachondeo que tengo... Nadie pronuncia palabra. Caminan a mi alrededor, nichos a un lado y otro, como si temieran un castigo de lo alto. Pepito me parece a mí que hasta reza, me mira a los pies a ver si se hacen más rápidos mis pasos, hay que salir cuanto antes, no sea que al matador se le ocurra una locura en cualquier momento. Y los otros, por el estilo, vuelven la cara hacia mí, mueven la cabeza, fingiendo que están de acuerdo con lo que yo he dicho, y no, desde luego que no, ellos van desilusionados, esperaban que la muerte de mi madre me cambiara, lo noté desde el principio, en cuanto llegaron, qué forma de hablarme de ella una y otra vez, pobrecilla, hay que ver lo que es una madre, bueno, la mismísima raíz de uno, yo recuerdo que cuando a mí me faltó la mía, y se echó a llorar Carmelo. Hasta que corté por lo sano: Como sigas moqueando, te jubilo. ¿Me entiendes bien, so mamarracho?... Marga estará esperándome en la cocina de mi madre. Para cuando yo llegue, todo aquel olor de pobreza estará como pisoteado por el perfume caro, y como es tan sentimental, lo mismo se ha emocionado con la tizne de una sartén o al beber el agua de la tinaja, un agua que no sé a qué sabe, es posible que a pozo, a mucho estar a la sombra, eso, como presa, un agua que tiene el sabor que deben tener las aguas de las cárceles, aunque no sean aguas de pozo... Oigo a Felipe: ¿Quieres que me ponga yo al volante? Hemos llegado ante mi descapotable rojo: ¿Y el niño, habré pasado junto al nicho del niño que mató ese parachoques? ¡Bah! Qué más da. Ni se enteró siquiera, se libró de todo este lío, de trabajar, como su padre, a pleno sol, ásperos los dedos y que si crujen o no crujen los andamios. Y el animal del padre, rechazando un millón, nada menos, lo que no ganará en toda su vida, ni viviendo cien años... Ponte al volante, Felipe, y no vayas de prisa, porque las mujeres del pueblo han esperado mucho para volver a verme desde los balcones. Vamos a darle un poco de espectáculo gratis. Hay que ser generoso con la gente pobre.

Llevaba razón mi hermano: ese es capaz de no cerrar su cabaret ni siquiera esta noche. Por la ventana del comedor, la luz apagada, entre visillos, llevo mirando desde hace un rato hacia el edificio de Goyo, todo a oscuras, hasta que cayeron las doce campanadas desde la torre, o mejor dicho, justamente cuando ha sonado la última, se ha encendido todo el alumbrado de la fachada, en un golpe de efecto que me recuerda la noche de la inauguración del Goyo-Festival, Laureano y yo viéndolo todo a escondidas desde esta misma ventana, gente de categoría de la capital y el Ayuntamiento en pleno, ahí en la plaza, casi a

121

oscuras, sólo con la luz de las cuatro farolas viejas, y en esto que el torero hace una señal con la mano y se descorren las enormes cortinas y cuánta luz y qué grandioso, es cierto, sonó la música, un pasodoble, creo, y el griterío de la gente asombrada. Sin embargo, ahora mismo, no hay gente en la plaza. Abren las puertas y los ventanales, ya comienza la música, una música moderna, trepidante, de guitarras eléctricas, no debe de haber clientela todavía, ahora llega un coche, el descapotable rojo de Goyo, y con él la corista esa, Marga, vaya escote, y qué manera de andar, qué lista de hombres en su conciencia, ojo, tú, no juzgues, sí, de acuerdo, pero es que, vamos... Yo le he dicho a Laureano que pida el traslado a otra parroquia, tiene cuarenta y dos años y parece que anda cerca de los setenta, come mal y apenas duerme... ¿No te lo dije, Carmen? Mi hermano, en pijama gris, mira apenado hacia el cabaret... Acaban de llegar Goyo y su amiguita la Marga, parece increíble, lo veo y no acabo de creérmelo, enterró a la madre esta tarde, hace un rato, bueno, hace nada más que cinco o seis horas... Debe de estar loco, mujer, ya te lo he dicho otras veces, hasta es digno de compasión... Pamplinas de mi hermano, que es así de buena persona, siempre quitando pesos en el platillo de la maldad y echando elogios en el platillo de las virtudes... Venga, hermana, acuéstate ya, eso no tiene remedio, hasta mañana... Se ha ido aparentando una serenidad que no lleva, ni muchísimo menos, si no lo sabré yo, casi de fijo que llega a su habitación, se cierra con llave, se hinca, pone los

122

brazos en cruz y se lleva horas y horas, lo mismo hasta que amanezca, hasta la misa primera, reza que te reza por el alma de ese Goyo, que quién sabe si no estará endemoniado, lo que pasa es que en este mundo de ahora se le falta el respeto hasta al demonio, bah, como si no existiera, ¿endemoniado?, no me haga usted reír, eso era en otros tiempos, endemoniado, qué gracia, oye, qué ocurrencia, los americanos de paseo por la Luna y usted me sale con que hay endemoniados... Vaya, más coches que llegan, y gentes del pueblo que se acercan, sobre todo, muchachas, qué cambio, Dios mío, este es otro pueblo totalmente distinto, y todo, desde aquella mala noche cuando se inauguró ese palacio de la perdición, como le llama muy certeramente doña Luisita, porque como moscas caen las chiquillas, algunas casi niñas, por una puerta trasera a cubierto de miradas, sin ventanas ni balcones que la enfilen... Otro coche, y otro más, se bajan alegres, cuánto habrán bebido antes en la capital, algunas con tipo de furcias, pero otras, no, otras son de familia bien, hoy en día no hay ranchos aparte en los jaleos de la carne, esos que entran ahora parecen más bien tres matrimonios maduritos, hala, para adentro, celebrarán un cumpleaños o un buen negocio, vamos a cenar y a bailar donde Goyo, ¿y qué si hay fulanas?, allá ellas, pobrecillas, se come muy bien, dos pistas estupendas de baile, tablao flamenco, tres orquestas... Eso dicen, porque yo no entré nunca: que no se te ocurra pisar ese local, ni por curiosidad siquiera... Laureano se negó a bendecirlo. Vino

Goyo, estuvo sentado ahí mismo en esa silla del comedor: Hombre, señor cura, digo yo que no todo será malo en mi sala de fiesta, dará de comer a mucha gente, y, además, acuérdese usted, don Laureano, de aquello que viene en el Evangelio sobre la Magdalena... Mi hermano, ni le contestaba, movía la cabeza de un lado para el otro, los párpados cerrados, yo creo que rezando por el alma del golfo de Goyo, que me miraba de cuando en cuando con una picardía que, vamos, hasta me parecía a mí que le oía la mirada, es verdad, como si sus ojos hablaran: Ya te iba yo a dar carrete a ti, cuarentoncilla, una faena cortita sobre la derecha, y... Tuve que apartar la mirada, salí inquieta, me temblaban las piernas, y más todavía cuando me vi de cuerpo entero en el espejo grande del pasillo, me encontraba guapa yo, ojos grandes los míos, y eso que no me los he pintado jamás, y la boca, sin colorete, rompí a llorar entre recuerdos: iba con Luis, el maestro, veinte años yo, por las afueras de mi pueblo, éramos novios desde una semana antes, me cogió la mano y eché a correr, no sé lo que presentía por el cuerpo, piernas arriba, calambres por la boca, y un miedo horroroso al infierno... Color de infierno tienen las grandes letras rojas esas del Goyo-Festival, del color de las llamas, nada me extrañaría que el diablo en persona se colocara ahí como abrecoches o como director de orquesta o como encargado muy especial de la puerta trasera, por la que entran las niñas de quince y dieciséis años, pintadas que hay que ver, y los padres y las madres, cada día con más disimulos y quejas falsas: ¿Quiere usted que la mate? Corren unos tiempos... Y mi hermano, desde el púlpito, un domingo y otro, con su tono de paciencia, demasiado a mi entender, repite advertencias contra la frivolidad que reina en el pueblo, la falta de piedad y los desórdenes morales que de un tiempo a esta parte aquejan a nuestra feligresía... Yo ya se lo digo, mira, Laureano, las cosas claras, a la gente la dejas tan tranquila si le hablas de frivolidad, desórdenes morales y falta de piedad, que todo es cierto, claro es, pero lo que necesita este pueblo podrido es que le digas de una vez que un gran número de sus hijas van para fulanas a todo correr y que, si nos apuran un poco, y tú lo sabes casi como yo, sí, nada más que casi como yo, porque aquí en esta parroquia se han olvidado del confesionario, y a lo que íbamos: que hasta mujeres casadas, y no pocas, se han puesto a pintarraquearse, y que la peluquería no da abasto, y que mucha gente que descuida sus tierrecillas vive mejor que antes, tú ya me entiendes, y los maridos con entradas de las caras para las corridas de Goyo en la capital, y Marga, que parecía una pantera negra cuando hablaba con don Antonio, el alcalde, que había que ver cómo se ponía nuestra primera autoridad, igualito que un cervatillo: que me devore cuanto antes, y así se acaba esta angustia tan enorme, sí, que me devore cuanto antes, y claro está que lo devoró. Dijo que se iba a Madrid, a gestionar asuntos de enorme trascendencia para el muncipio... Todo el pueblo se enteró, menos su esposa, por supuesto, que comentaba: Ha vuelto muy cansado, dice que

los alcaldes de pueblo se ganan la gloria en los Via-
crucis de los ministerios... Coche de los buenos ese
que llega ahora... A ver, a ver... Dos parejas...
Aquélla me parece Amalia, la hija de don Raimundo
el ganadero, la misma, y a su lado, un muchacho
alto, elegante y rubio, vaya, por lo menos, me voy
a la cama convencida de que sobre el soberbio pastel
del diablo se ha derramado la vinagrera enterita.

¿Quién ha dicho que no? A las doce en punto se
abre... Que avisen a la capital, a los bares, a los
restaurantes, que se abre, que se abre... Cualquiera
le llevaba la contraria... El negocio es el negocio,
y, además, necesito distraerme, sí, Pepito, como si
no hubiera pasado nada, y si alguien piensa que soy
esto o lo otro o lo de más allá, me trae sin cuidado... Ahí está la bailarina negra, un látigo parece,
restallan sus brazos contra la luz roja que la persi-
gue, qué buena está, osú, dentro de unas horas la
cogerá Goyo, hala, a la finca, se bañará con ella en
la piscina, a oscuras, para que todo resulte más afri-
cano, digo yo... La he traído, porque es la bailarina
más propia que había para un luto... Tuvimos que
reírnos, maldito sea, lo que le faltaba, también gracia macabra, no respeta ni a los muertos, ni a los
suyos, vaya, ni a su madre, que hace nada más que
un rato... ¿Pero cómo? Esto se pone bueno, la señorita Amalia, y acompañada, valor tiene el tío, o no
sabe bien cómo se las gasta Goyo, no vamos a abu-

126

rrirnos esta madrugada, no. La negra parece una tormenta, cruje su cintura y parece que suenan truenos a lo lejos, y qué relámpago, tú, qué relámpago la dentadura cuando abre de pronto la boca gruesa. Goyo va en busca de la pareja, ¡a que se forma!, los saluda, se sienta a la misma mesa que ellos, voy a dar un rodeo por el fondo para no perderme detalle... Trompetazo final, se encienden las luces y se detiene la danza caliente, saluda la negra, qué cintura, parece que se va a romper de tan finita como está encima de esas caderas de alquitrán endurecido, eso, de alquitrán recién aplastado en una gran curva de la carretera, traga saliva el pelirrojo, parece hombre tranquilo, elegante, domina la situación la señorita Amalia, Goyo se bebe sus palabras una a una, las paladea, se droga con su voz, se atonta, pierde poderío, no es el mismo de siempre, tan chulo: Tú, Pepito, ya podéis empezar a regar los alrededores... Treinta hombres con treinta regaderas llenas de perfume, doscientos litros de agua de colonia por la plaza, por las calles, unas cuantas horas antes de la inauguración... No puedo consentir que los malos olores del pueblo se me cuelen así como así en mi sala de fiestas... Me acerco más a la mesa, ¿será ese el novio de la ganadera? Parece aristócrata, cuello largo, pecas finas por la parte alta de la nariz, qué misterio éste el de las pecas, hay qué ver, pasa como con la ropa, llega un tío rico de éstos y, se ponga lo que se ponga, chachi, a su lado, Goyo, un patán algo refinado, eso sí, pero de pueblo, vamos, yo creo que todo está en que uno hereda los músculos y los nervios y las pecas, y que desde que nos paren tenemos los músculos igualito que el padre y el abuelo y el bisabuelo, músculos de haber segado mucho trigo y de arar kilómetros y kilómetros de surcos, durante siglos, o músculos de una casta que no suda más que cuando le viene en gana, haciendo deporte, manejando por un capricho un caballo difícil, en largas caminatas de cacería, y lo mismo pasa con las pecas, que todo depende, no del tamaño ni del color, sino del cómo y el porqué se toma el sol, que hay muchos soles, claro que los hay, sol de vega, sol de playa, sol de albañiles, sol que toma el amo del trigal mientras otros se lo siegan... El pelirrojo se ha levantado y también Goyo, no, no creo que estén discutiendo, no, porque la señorita Amalia sonríe tranquila, qué pena, me cachi en diez, con lo bien que le hubiera venido al matador un poquito de leña, algún diente fuera, y recogerlo yo, para guardarlo como recuerdo de la primera vez que perdiera, pero no, se van los tres hacia la puerta que da a la parte de atrás, Goyo va haciendo los honores de la casa, como dice la gente bien, se le ve torpe, sabe que hace el ridículo junto al pelirrojo, pues claro, qué se cree, hay cosas que no pueden compararse, so cabrito... ¿Me llama? Sí, la mano levantada, su dedo de siempre, el del gatillo, ordenando que me acerque... Tráeme a la negra, estaremos en el bar de la piscina... Lo ha dicho como si dijera tráeme la cajetilla de tabaco o un perro o cualquier cosa... ¿Se puede? Su madre, la negra, con un vestido rojo, cortita la falda, hum, qué dureza más allá de la tela, huele a selva... Ahorita mismo soy contigo, Pancho, ricura... Se rocía de esencia los hombros, qué elástica... Vamos, Panchito, no me mires así, viejo, que me da un no sé qué de mambo mambero y me derrito... Al pasar junto a la orquesta, los músicos desafinan, pierde su ritmo el más golfo, el batería, que hasta parece que le ha sacado un relincho a los platillos... Bien, Pepito, hasta luego... Cuando me alejo oigo las presentaciones. El pelirrojo ha dicho con voz gruesa de tío muy corrido: Tiene usted una figura realmente impresionante... Ya me veo venir lo que trama: echarle la negra al que le estorba, vía libre, Goyo a solas con la ganadera, ese hueso duro, único castigo que te ha dado la vida, hasta ahora, porque todo esto no puede quedarse así, no es posible que llegues a viejo, Goyo, no, y si llegas, muy solo, muy mano a mano con la amargura, oye, tú, que has podrido a un pueblo entero, el tuyo, el nuestro, billetes a voleo, padres y hasta maridos que se resignan, huertas resecas, tractores que se oxidan, chavales de quince años que aprenden a echar el anzuelo entre turistas viejas, chiquillas en las clases de tu tablao flamenco, y los coches deportivos y las manchitas de sangre entre espigas que se tumban de madrugada, hijo de...

Cuca tiene los dientes cuadrados y poderosos, dientes de raza acostumbrada a cazar un pájaro y comérselo allí mismo, o descuartizar un ciervo, y carne cruda, porque el hambre no aguanta los preparativos de la hoguera... Qué suave es usted, señorita Amalia, porcelana de la buena, como tacita de esas de café que se ponen a la luz y son transparentes, color de carne rosada... Los ojos azules de mi primo Javier se están poniendo casi negros de tanto remirar las piernas de la bailarina... Goyo no sabe disimular su estrategia, leo en su sonrisa: el pelirrojo está que no puede más, dentro de unos minutos, los dejaremos solos, y Amalia y yo podremos hablar tranquilos, como nunca... Yo lo confieso, Cuca, y espero que me perdone Amalia, a mí me hubiera vuelto loco encontrarte de pronto en la selva cuando fuera persiguiendo un león herido y olvidarme de todo y morir allí mismo, entre ruidos de fieras... Con qué estilo sabe mezclar Javier sus sensaciones y sus ironías, hasta confundir a Goyo, y también hasta hacer volver a la negra al primer encuentro total con un hombre, Dios sabe cómo, pobrecilla, niña aún probablemente, quizá en un descansillo de la escalera, o al llegar al anochecer a un rincón donde se amontonan las basuras de unas calles de negros y nada más que de negros... Pero a Goyo se le escapan tales matices. Goyo cree que Javier desea a Cuca tal y cómo él la habrá ideado ya para su deseo: los labios que chocan como coches y los cuerpos que se unen como los ejércitos enemigos en la guerra, sin tanto así de ternura... Amalia, ¿quieres que bailemos?... Cuando me levanto a seguirle sorprendo un pensamiento en su sonrisa: ahora empezará la negra su labor de comedora de hombres, pobre pelirrojo, tiene para rato, lo mismo pide socorro… Todo lo contrario que Goyo conmigo, rabiosamente tranquilo, las manos quietecitas, el pensamiento a la caza de sabe Dios qué martingalas de dominio, la ilusión frustrada, no te pongas nervioso, se baila mejor así, más separados, gesto de niño contrariado, si tú quisieras, Amalia, si tú quisieras, baila mal, nunca lo ha necesitado para sus conquistas, y conmigo no le vale, estoy desesperado, por tu culpa, no te rías, que es verdad, Pepito nos mira sin pestañear al filo de la pista, cómo disfruta el mozo de espadas cuando ve que la grandeza de su matador se estrella una vez más contra mi indiferencia, pobre Pepito si Goyo lo supiera, ¿y qué, torero, cuánto tiempo falta para que te hagas por fin un hombrecito serio? Eso, rápido, mujer, si tú quieres, ahora mismo, basta con que digas que te casas conmigo, mira qué fácil… Ha interpretado mi silencio como una posibilidad, la exprime : Lo tengo todo, menos tú, venga ya, decídete, Amalia, me volveré del revés como un calcetín, no me hagas reír, tú ya no cambias, Goyo, te has acostumbrado a jugar con los demás, los tuerces, los degeneras, ahí tienes tu pueblo, ¿por qué has hecho todo esto? Por tu culpa, como lo oyes, he llegado a odiar a mi pueblo, porque ellos saben que contigo no tengo nada que hacer y se alegran, me pusieron el dedo en la llaga y apretarán con saña, necesitaba vengarme, es natural, ¿no?, y ahí los tienes, todo el pueblo un hormiguero y yo con el tacón preparado, el alcalde lleva la contabilidad del negocio, y todo esto no es más que el principio, me escupieron y yo los he comprado con mi dinero, son ya carne que empieza a descomponerse, y cualquier día... Vamos a una mesa, me fastidia bailar, y contigo, más que con otras, es una estupidez, me duelen los brazos de tanto querer acercarte, Amalia, si yo te pudiera agarrar por mi cuenta, pero no hay manera, no embistes ni una vez, me bastaba con una ocasión, pero eres como esas vaquillas que se ponen a escarbar y a escarbar y hasta parece que se guasean de uno... Goyo me odia, de una forma especial, pero me odia, lo acabo de leer en esa mano que ha cerrado con crispación, no es cierto que me quiera, es despecho, juguete yo que el niño mimado no puede conseguir, Goyo mira hacia otro lado, debe sentir un doloroso mordisqueo en su amor propio, suda... Perdona un momento, ahora mismo vuelvo... Se aleja con cansancio, revuelto el pelo, pasos desgarbados, no lleva esta vez las puntas de los pies hacia dentro, chafado su orgullo, alguien tiene que pagar este enfado, Pepito se quita de en medio con disimulo, por si acaso, se acerca a mí, ¿qué le pasa al matador? No sé, debe de haber olvidado algo, no, de eso nada, le conozco que no vea usted, va de mala uva, no sé cómo explicarle, viene a ser como si, de pronto, se le hinchara el veneno que lleva dentro hasta que ya no le cabe y, entonces, tiene que organizarla, poner el mundo patas arriba, y así, dando sustos, pues se le aplaca el envenenamiento, y hasta otra... El mozo de espadas lo ha dicho todo como si estuviera solo, con vocecilla de chiquillo enclenque ganado por la envidia desde los primeros juegos, incapaz de librarse

132

del servilismo, como no fuese que… Oye, Pepito, si a Goyo le matara un toro, tú… Pues ya verá usted, a mí no me gusta desearle la muerte a nadie, pero con la muerte de Goyo, la verdad por delante, iba a ser mucha la gente que sentiría un buen alivio, pero, por Dios, señorita, no se le vaya a escapar delante de él, mejor que ni hable de esto con nadie, me mataría, como lo oye, y de mala manera, nada de un tiro en la cabeza, no, sino de manera más lenta, qué sé yo cómo, mejor no pensarlo, olvide todo lo que le he dicho, oiga, que me mata…

Aseguran que Goyo anunció el incendio como si se tratara de un número fuera de programa: ordenó silencio a la orquesta, habló muy sonriente de las llamas que crecían en la parte trasera del edificio, recomendó serenidad y, finalmente, mientras el público salía corriendo hacia la salida, pidió a los músicos que salieran tocando un pasodoble. A nadie se le ocurrió pedir cubos de agua para atajar el fuego. Sonaron a rebato las campanas, todo el pueblo estaba allí, adormilado aún, guiñando las miradas ante los resplandores rojos de la hoguera. Sólo al alcalde se le ocurrió preguntar si habían avisado ya a los bomberos de la capital, pero la telefonista afirmó que, por lo visto, las llamas habían cortado la línea.

Dicen que el torero se acercó al cura: ¿No es cierto que ahora sí que parece un infierno de verdad? Se

alzaron voces pidiendo que alguien fuera con un coche a la capital, que todavía quedaba tiempo para
dominar las llamas, pero Goyo no escuchaba a nadie
de tan atento como estaba al espectáculo, divertido
con las explosiones sucesivas de los focos de la fachada: fijaos cómo se resiste el letrero del Goyo-
Festival, aunque ya se le retuercen los hierros.

Cuentan que al ver a Fulgencio el sacristán subió
con él a la torre para contemplarlo todo desde arriba.
Les siguieron la señorita Amalia, el aristócrata pelirrojo, la corista Marga, el alcalde, la bailarina negra,
Pepito, don Laureano el párroco... Allá abajo se
derrumbaban techos y tabiques. Tan sólo la piscina
permanecía tranquilamente azul y más iluminada
que nunca... Ya estará usted contento, señor cura.
Ha rezado usted tanto, que ya ve, dentro de poco
no quedará del cáncer del pueblo más que un montón
de cenizas.

Don Laureano guardaba silencio, desconcertado, sin
saber si inclinarse hacia la alegría o hacia la tristeza,
a la vista de aquella plaza rellena por la pesadumbre
de todo un pueblo que contemplaba el final de un
sueño, de un sueño malo, si se quiere, pero sueño al
fin, contra la honradez y el espíritu de todos o de
casi todos, pero un sueño, un gran sueño que se
quemaría definitivamente antes del amanecer.

Goyo debió adivinar las preocupaciones de don Laureano: Un nuevo día más sano empezará dentro de
un rato, ¿o no, señor párroco? Se acabó el cachondeo
y el dinero facilito: otra vez a regar la huerta, dale
que te pego a la tierra... Se acabó la guasa comodona

del turismo: hay que podar las viñas, segar, trillar, poner en marcha los tractores... Otra vez lo de siempre, que es lo bueno, y las chavalitas guapas, a dar marcha atrás, y a la buena senda...

Afirman que todos cuantos estaban en la torre apartaron los ojos del incendio para volverlos hacia la parte opuesta, hacia las primeras luces, muy endebles aún en la lejanía de la vega. Pero Goyo seguía pendiente del luminoso remate de su travesura. Se le acercó la señorita Amalia: Has sido tú, ¿verdad?... Él contestó con una sonrisa y, al mismo tiempo, le enseñó un encendedor de oro: El tuyo, ¿recuerdas?, de cuando te brindé aquel toro y por poco le corto hasta la cabeza...

Al día siguiente, los restos del Goyo-Festival eran un enorme tiznón sobre la exagerada blancura del caserío. El torero le dijo a don Laureano: Viene a ser como si el pueblo fuera un becerrete y yo lo hubiera marcado a fuego y para siempre con mi hierro.

Intermedio

Los gritos de las mujeres se le cuelan por el boquete de la ingle. No puede impedirlo el puño del banderillero: chorritos finos de sangre, como de triste fuente de jardín, hacia fuera, y chillidos de mujeres para dentro, hasta que estallan en la frente como bombillas en un incendio... ¿Goyo-Hotel? No. ¿Goyo-Cabaret? Tampoco. Que se llame como sea, pero todo hermoso, restaurante, sala de fiestas, piscina... Mi pueblo se lo merece todo... Para la primavera, ¿eh?, se lo prometo, don Antonio, para la primavera... Pinchazo en el brazo, vaya mosquito, vaya picotazo de gallo de pelea, y qué sueño siento... Que llamen al capellán, por si acaso... Don Laureano, don Laureano... Tijeras lejanas están cortando telas... Vísperas de fiesta, prisas para el sastre del pueblo... Anestesia, rápido, que se nos va, ojo al pulso, que se nos escapa... Pero yo no consigo ver al fugitivo, no, porque tengo un sueño de morirme, y renuncio a enterarme de quién es el que huye, me deslumbra todo ese campo de nieve a pleno sol...

A mi nieto lo salvé yo cuando los cirujanos le habían dado por casi muerto: la femoral, ¿sabe usted?, partida como una tubería de plomo viejo, hijos de mala madre, qué comparación, prácticamente llegó al quirófano sin sangre... Y yo que llego: Goyo, soy tu abuelo Gregorio, y ya sabes tú cómo las gasto yo, pues bien, te voy a poner un poquito de yodo ahí donde te duele y te vienes conmigo a embotellar el agua de la lluvia de martes y trece, que es muy buena para curar los callos del cerebro y también para matar los piojos esos que paran o retrasan los relojes.

Oiga usted, secretario: a los toreros grandes, ¿cómo los amortajan? ¿De paisano o de luces?... ¿Que no, que no lo sabe? Pues hay que averiguarlo, secretario, no se duerma, vaya a la capital, consulte libros, pregunte... Y si ningún torero fue amortajado de seda y oro, el nuestro, si llega el caso, que Dios y la Virgen Santísima no lo permitan, será, o mejor dicho, sería enterrado con el glorioso grana y oro que vestía en la grandiosa tarde trágica... Yo estaba allí, no podía faltar, soy el alcalde, y yo siempre estoy donde mi presencia como tal alcalde alcanza una trascendencia excepcional para nuestro pueblo. Y, en este sentido, no me perdonaría jamás a mí mismo que enterraran a Goyo en la capital, porque Goyo es nuestro y nada más que nuestro, vivo o muerto, y en la capital, ya sabéis que se pirran por inventarse algo con tal de salir en los periódicos... Sí, vaya usted cuanto antes y pregunte lo de la mortaja de los toreros. Ah, y entérese también de lo que hay que hacer para ajustarle las taleguillas a un cadáver, cosa dificultosa, y tanto, de fijo que habrá que romper la seda y recoserla, eso... Venga, de prisa, secretario, no se duerma, venga.

140

Chapotea por un suelo de cemento encharcado de sangre. Viste de negro, totalmente de negro. Lleva prisa, no le importa que los pantalones se le salpiquen más y más de sangre. ¿Por dónde va y a dónde? Ya... Es el desolladero de la plaza, hay dos toros abiertos en canal, degollados, las dos pieles, como mantas negras, echadas en un rincón... Le sale al paso un hombre muy fuerte, desnudo de cintura para arriba, un hacha en la mano, cara de pocos amigos... Algo hablan entre ellos, no es posible enterarse... El enlutado señala hacia el ruedo, que no se ve, hacia el ruido del ruedo. Por fin, antes de marcharse, saca la cartera y entrega varios billetes grandes al hombre del hacha... Ahora sí, se oye una voz: ¿Qué quería ése? Se ríe ruidosamente el fortachón: Los hay despabilados, oye, ese tío ha venido a comprarme la cabeza del toro que todavía está vivito y coleando en el ruedo. Como me la ha pagado muy bien, y sin regateos, lo que yo le he pedido, me huelo que el bicho ese le habrá dado un cornalón de muerte a algún famoso de esos. Luego, un tío con vista, venderá a millón la cabeza disecada o presumirá con ella colocada en una pared de su casa o abrirá una barraca de feria, pasen, pasen y vean la cabeza del toro que mató al gran torero, pasen, pasen...

141

Me ha dado un abrazo muy fuerte, sin darme tiempo siquiera a saber quién es. Me lo quito de encima... Pero si soy yo, Goyo, fíjate bien en mí... Su cara la he visto alguna vez, o se parece a una persona conocida. Me sonríe con muchísimo cariño mientras aguarda a que yo le reconozca por fin... Sí, ya caigo, a quién se parece... Pero no puede ser... Además, este hombre es más viejo... Pero tiene los mismos ojos, sí, la misma tristeza, aunque ahora sonría, aquella misma fijeza de la foto de boda, tan amarga... Sí, Goyo, soy yo, el mismo... Pero... Todo ha sido muy duro, trabajar hasta catorce horas diarias, gastar el mínimo, ahorra que te ahorra, y aquí me tienes, de regreso, para siempre, con un buen montoncito de billetes, abriremos una tienda o un bar. ¿Tú crees que el padre de Curro me traspasaría la taberna de la plaza?... ¿Pero por qué lloras, hijo? Vamos a casa, le daremos la gran sorpresa a tu madre... Cuéntame, hombre, cuenta, ¿el abuelo Goyo?, tan enreda como siempre, ¿no?, allí lo quería ver yo, trabajando en aquellas fábricas, con lo que son los alemanes, bueno, a la segunda fantasía lo enchironan en un manicomio... ¡Qué fuerte estás, Goyo, qué fuerte!... Se ve bonito de veras el pueblo desde aquí, aligera el paso, y dime algo, no te quedes así tan callado...

Pero, don Laureano, si es que ya no me acuerdo... Que no, ni del padrenuestro, que no, pero enséñeme,

no se vaya, por favor, no me deje tan solo, señor
cura, usted, Carmen, por Dios, dígale a su hermano
que no se vaya, que quiero aprender a rezar, que
estoy dispuesto a ser otro... Se han marchado los
dos. No me quedan fuerzas para gritar... Oigo pasos
al fondo del túnel... Goyo... Goyo... Es la voz de
Marga... Estoy aquí, acércate, ven de prisa... Siento
su mano sobre mi frente... Enséñame el padrenuestro, Marga, empieza tú, y yo voy repitiendo...
¿A qué esperas?... Estaba haciendo por recordarlo,
pero no, se me ha olvidado por completo, son tantos
los años... Padre nuestro... Y amén... Nada más
que eso... Padre nuestro y amén... Ni una palabra
más... Y bien que lo siento, porque está todo esto
tan oscuro...

Tose y jadea Serafinillo el tonto, qué interminable
la escalera de la torre, quita uno por uno los badajos
de todas las campanas, cómo podrá, sin cortafríos
ni nada, misterios de esos de los tontos, así no se
morirá Goyito, porque al no haber campanas que
le doblen no podrá celebrarse el entierro, no habrá
muerto, yo quiero verlo torear, y después, que pase
lo que pase, antes escuché cómo decía el alcalde
que lo querían amortajar con el traje de luces, quiere
Serafín reírse, no sabe, le salen gruñidos y gorgoritos
de pavo, qué susto en el país de los muertos al ver
llegar a uno nuevo con su ropa de oro, vamos a or-
ganizar una corrida, venga, una plaza portátil en

esa nube grandullona, pero faltan los toros, que vayan al matadero y se traigan seis antes de que los descuartice el matarife, ganas me entran de poner los badajos en sus campanas, con lo bien que lo iban a pasar mis amigotes los muertos, siempre tan buenecitos ellos, tan quietos, los únicos que no hacen daño, los que no se ríen cuando yo los miro.

Tú, torero, no me vayas a decir que le tienes miedo al caballo... Don Raimundo el ganadero se ríe. El caballo me mira de reojo, con desprecio, mueve el hocico, me insulta entre dientes, unos dientes muy blancos, alguien se los limpiará cada mañana, mientras otro le riza las crines, tan largas, y otro criado que lo cepilla muy suavemente, ojo, que se lo digo al amo, y pasteles en el desayuno, y una yegüita joven todos los fines de semana, nunca la misma, a solas los dos en el trocito de prado que cercan los eucaliptos... Vaya, hombre, con que esta es la primera vez que te subes en un caballo, increíble, venga matar toros de quinientos kilos y te infunde respeto un caballo, no se lo van a creer en el casino cuando yo se lo cuente, que no, qué se lo van a creer, que no... Una mañana, hace ya mucho tiempo, tendría yo cuatro o cinco años, sentí envidia de un caballo así como éste, de pelo ceniza brillante, cabeza altiva de tío rico, andares de marquesito cuando entra por la puerta principal de su palacio campero. Es una mañana de feria y todos los niños llevan globos de colores, menos yo, y todos los demás chiquillos se suben en las calesitas y en las barcas, menos yo, y todas las madres sacan entradas para el circo, menos la mía. Y, de repente, pues eso: que me cambiaría por aquel caballo, porque es todo un señor y no necesita ni globos ni calesitas ni entradas de circo, y está muy bien comido, los cascos muy brillantes, tan nuevecitas las herraduras, todo el mundo lo mira, pero sólo se atreven a palmear su cuello con cariño la gente de postín, los pobres no, ellos lo miran igual que yo, como si estuviera muy lejos, tan lejos como un lujo, y ni el criado que lo cuida, de pie, se atreve a mirarlo de frente, porque el caballo es más que el criado, y éste lo sabe, y por eso tiene cogida la rienda muy a lo largo, floja, con dos dedos nada más, para que el caballo se dé perfecta cuenta de que el hombrecillo no se atreverá a ofenderle... Nada, Goyo, ¿no ves?, si es un animal muy noble, vamos ya... Ha vibrado el caballo al sentir mi peso, desordena las crines en un cabeceo de soberbia enloquecida, si no me tira es porque va aquí el amo... Un consejo, Goyo: no dejes nunca que un caballo note que lleva encima jinete con miedo, dale a las primeras de cambio un buen tirón de riendas... Anda el caballo ahora con desgana, con un braceo sin elegancia, haciéndome ver que quiere parecerse a un mulo, porque yo no soy un señorito ¿estamos?, se resigna, por el amo, pero no cumple, hace lo mismo que esos criados de casa grande, con chalecos a rayas, que te miran de arriba abajo antes de soltarte un usted dirá que te insulta, y que luego

145

vuelven, sígame, y, cuando te llevan hacia donde el señor de la gran casa, van así, como este caballo, renuncian por unos momentos a ser criados de lujo, no andan con pasitos de misterio, saben que tú, aunque tengas dinero, no eres de casta fina, lo presienten, lo husmean, quisieran tirarte al suelo y patearte, pero el amo te espera, se resignan, te guían sin empaque, con unos andares de criados muy corrientes, de criados de cuadra... ¿Sabes, Goyo, cómo se llama ese caballo que llevas? Mayordomo. Le puso ese nombre mi hija, porque, al verlo de potrillo, se fijó en que tenía los ojos como los de Bartolomé, mi criado más antiguo, ¿no es verdad que la cosa tiene su gracia?...

Crujen los papeles entre los dedos bestias del Puñeto... Como Pepito no llegue pronto es que reviento, por mi madre que reviento... ¿Aprender a leer? ¿Y eso para qué leche sirve en la casa de un pobre, para qué si no hay tela para llegar a médico? La mirada del picador se echa de nuevo sobre los papeles, recorre como un pachón los enredosos jarales de la escritura, a ver si caza por lo menos las seis letras de Puñeto, que ésas sí las conoce bien de tanto verlas en los carteles... Por fin, Pepito, ya era hora... Más que leer, Pepito vuela por encima de los papeles, cara de piloto de reconocimiento, desecha objetivos secundarios, a la busca del polvorín de su nombre... ¿Qué, Pepito, nos deja algo?... Pero el mozo de espadas no tiene oídos, masculla insul-

146

tos contra la mandanga literaria de los notarios, pasa hojas y hojas, hasta que pierde casi la respiración y picotea las palabras con los ojos, con miedo a precipitarse. El Puñeto le pone una mano en el hombro, le zamarrea: Como no leas en voz alta te parto la boca... Pepito ha tirado los papeles al suelo: Le ha dejado todo el dinero del Banco al Ayuntamiento, para escuelas y otras historias... ¿Y la finca?... ¿La finca? Ni te lo puedes imaginar, ni nadie se lo puede imaginar, y quien menos, la misma persona que heredará una finca que tirando muy por bajo valdrá unos cuarenta millones... Hace un alto, esta vez con expresión rabiosa de piloto de bombardero que abre la compuerta de la metralla: La finca, para Amalia, la hija de Pedro el hortelano, y que yo sepa ni siquiera cruzó dos palabras con ella, aunque, conociendo a Goyo, vete a saber lo que harían los dos sin que se enteraran ni las moscas... Para mí, como recuerdo, me cago en su padre, una pitillera de oro, y para ti, Puñeto, para ti, hasta pena me da tenértelo que decir, la cantidad que necesites para libros y clases nocturnas, hasta que te canses de cultura... El Puñeto rompe a llorar y suelta mugidos sordos de animal herido.

¿No te lo dije?... El abuelo Gregorio me señala el nubarrón que se abulta como un morrillo sobre los lomos del olivar... Dentro de nada, la lluvia que te dije, lluvia de trece y martes, lluvia que mata los

147

piojos esos que retrasan o paran los relojes y que cura los callos del cerebro... El sol parece despedirse de las quinientas botellas que el abuelo ha colocado, todas juntas, a la espera del chaparrón... Es que si recoges este agua en barricas, cubos o piletas resulta que se echa a perder. Tiene que ser en botellas, aunque no se llenen, eso no importa, en botellas, para que no entren los goterones torpes, no, únicamente los goterones brujos, los que aciertan, zas, limpiamente, por el redondelito de cristal. Los otros goterones, los malos, los goterones sin fantasía, para la charca, igualito que tu padre, ¿oyes?, que era para verlo cómo se reía el muy loco mientras yo preparaba las botellas para las lluvias de los trece y martes: a que no llueve, a que no llueve, a que no llueve, a que no llueve, y no paraba de repetirlo, a que no llueve, a que no llueve, a que no llueve, cientos de veces, ¿qué digo?, miles de veces con lo mismo, y el bandido del sol, fuerte y tranquilo como nunca, y el cielo, todo azul, antipáticamente azul, ni una nubecilla, sin moverse una hoja, y él, a que no llueve, a que no llueve, hasta que no pude soportarlo más y le golpeé, no recuerdo cómo ni con qué ni dónde, y empezó a llover y a llover, llenas hasta rebosar las quinientas botellas, me bebí una de un trago para tomar fuerzas y eché su cuerpo sobre el mulo, hacia la charca, toda turbia, y desde lo alto de un risco lo tiré contra las piedras verdinosas de la orilla, y vi las burbujas del glu glu, listo, fue mejor de esa manera, ¿sabes, Goyito?, se pasaba todos los días amenazando con que se iba

a ir a trabajar a Alemania y con que allí las mujeres tienen las piernas muy bien alimentadas, no como las de la mujer de uno, palillos de dientes, patas de alambre, hueso y pellejo, hijas de padres y
madres que van y se acuestan, hambre contra hambre, para fatigarse unos a otros... Ha comenzado a
llover, todo el cielo está oscuro, y una musiquilla brota de las quinientas botellas que se van llenando
poco a poco. El abuelo Gregorio piensa en alto: El
primer pedido que tengo que cumplir es el de la
famosa firma relojera de Suiza, cincuenta litros, y
otros veinticinco para el manicomio de Inglaterra...

Pepito dice: Si Goyo se muere, también me moriré
yo un poco, ¿qué digo, un poco?, muchísimo, toda
la vida unidos, yo su sombra, yo su hermano de
aventura... Pepito piensa: está agonizando y el aire
parece más limpio, puedo hacer lo que quiera, no
puede mandarme, he dejado de oírle, de temerle, extremaunción, paseo por las calles, resulta bonito esto
de ser libre, póngame una cerveza con una buena
ración de cigalas, ¡si Goyito me viera!, pero no, qué
va, se está muriendo, hasta noto que mis hombros
están menos hundidos... Pepito habla: No me pregunte ahora, por favor, estoy lo mismo que ido, no
sé cómo decirle, un torero tiene millones de amigos,
pero si un mozo de espadas es, además, amigo de la
infancia, usted comprenderá, hasta me duelen la carne y la sangre aquí en la ingle, oigo los tajos finos

149

de los bisturíes y me castañatean los dientes cuando imagino el empalme estirado de los dos trozos de la femoral rota... Pepito se regodea: Si me anunciaran ahora mismo su muerte, para qué engañarme, sentiría dentro de mí cadenas que se rompen, ventanas que se abren, trozos de mi cerebro que empezarían a funcionar de nuevo, hasta me podría dejar crecer el bigote, tengo el labio superior muy grande, por poco me pega el día que se lo dije, no me seas chistoso, Pepito, conque bigotudo, vaya, lo que nos faltaba, tú con tu bigote en el callejón, a que te mando para la tienda de tu padre...

Bata blanca, sin botones por delante, gorrito blanco que parece un queso acabado de hacer, y blanca también esa especie de antifaz que sólo deja visibles los ojos, don Joaquín está vestido de cirujano... Tú tranquilo, Goyo, serénate... Me ayuda a incorporarme en la mesa de operaciones... ¿Ves aquello?... ¿Qué? Allí abajo, al fondo, ¿sabes lo que es?... A mí me parece que es una mancha de sangre... Don Joaquín hace rodar un poco la mesa del quirófano... ¿Lo ves mejor ahora?... Pero si es un descapotable, y como yo lo quería, un descapotable rojo, color de sangre de toro... No, de color de sangre de toro, no, Goyo, del color de tu sangre, lo acabamos de sacar de tu sangre, ¿entiendes?, de un cubo lleno hasta rebosar de sangre tuya... Don Joaquín me ha dejado solo con mi coche, abro una puerta y la cierro con suavidad, qué bien suenan las portezuelas de los coches buenos, chasquean como besos lentos, y tienen un color muy distinto a los coches aquellos de labradores ricos, qué bien lo recuerdo, a gasolina, a mujer elegante y también un poquito a sudor de gente que va al campo a pie y vuelve siempre a pie, todo lo más en bicicleta, pero este coche mío, no, éste huele, vamos a ver, no caigo, y necesito saberlo, ¿a qué huele, a qué?, huele a ti, Goyo, huele a tarde tuya de aplausos, es cierto, tu orgullo más rollizo ya, mucho más dominante tu mirada, a tu alrededor miden más las palabras los demás, no cabe duda, huele este coche igual que el aire de los sitios a los que tú regalas tu presencia, y también, qué bien huele, ya sé, a chavalita que se pone verdosilla y le fallan las piernas, qué soberbio el coche, sangre tuya a doscientos por hora, ahí va Goyo, el gran Goyo, paso libre, como un trono para mí el descapotable, retrato de mi poderío, cuajarón de ilusiones y hemorragias...

¿Pero cómo, que no se muere, que se recupera?, pero si estaba ya en las últimas, extremaunción y todo, secretario, venga, ahora mismo a la capital, entérese bien, hable con los médicos, que tenemos ahí nada menos que el terno grana y oro, en la caja de caudales del Ayuntamiento, un auténtico tesoro, venga, hombre, no se duerma, pues sí que estaría bueno, la historia del pueblo boca abajo, ya me lo temía yo, ese Goyo nunca quiso a su patria chica, enseguida se le subieron los triunfos a la azotea, a mí me ha saludado siempre de lado, poniendo su mano muy baja para que yo, al estrechársela, tenga que hacer una reverencia, vaya bichos que están hechos los toreros, analfabetos, atracadores de taquillas, la culpa la tiene uno... ¿Y usted qué puñeta quiere? ¿Qué? ¿Una cabeza de toro, la del toro que cogió a Goyo? ¿Diez mil pesetas dice? Y a mí qué si todavía tiene sangre del torero en el pitón izquierdo, váyase, que no interesa, que se marche o lo mando detener... Los hay aprovechados, los hay que negocian hasta con la muerte, qué mundo tan cochino, tan degenerado, tan sin principios, tan deshumanizado, tan olvidado de Dios, no sé, no sé a dónde iremos a parar, qué mundo, cuánto desconcierto, quién iba a poder imaginar siquiera que a la hermana de don Laureano el cura le diera un patatús al enterarse de la mortal cogida, mortal no, casi, sólo casi mortal, adiós al panteón, toda una obra de arte, por suscripción popular, concurso entre escultores de todo el mundo, turismo para el pueblo, visitas respetuosas, un buen motivo para que las frívolas nórdicas recapacitaran sobre la transitoriedad, qué bien suena esta palabra, la transitoriedad de las cosas de este mundo, y Carmen, la hermana de don Laureano, sin explicotearse aún del todo, hay quien asegura que está enamorada de Goyo, y los peor pensados abundan, cómo no, en la posibilidad de que se vieran alguna que otra vez en la capital, por la mañana o al mediodía, que no todas las picardías tienen que ocurrir forzosamente por la noche, y Carmen, dicho sea sin picante alguno, tiene cuarenta años de muy buen ver, y, qué caramba, con eso de ser la hermana de un cura y apenas pintarse y novenas van y novenas vienen, pues creo yo que debe tener un especial atractivo para hombres así como Goyo, lujuria desatada, eternos buscadores de emociones cada día más raras, como esta de alcanzar carnes de mujer en peligro de envejecer sin que alguien las acaricie de cuerpo entero, y los besos de Carmen digo yo que deben saber un poco a incienso, a cera, y que Dios me perdone, qué cosas se le ocurre pensar a uno bajo la libidinosa influencia de estas circunstancias, y el pobre don Laureano, sin saber qué decir, inventa que te inventa excusas y nada más que excusas, mi hermana se ha desmayado de siempre en cuanto ve sangre o cuando le cuentan algún suceso sangriento, y todos los del pueblo recuerdan, con esa riqueza de minuciosos detalles que únicamente derrocha la mala leche, cómo el día que Goyo mató al niño con el descapotable rojo se encargó ella, sí, Carmen, la mismísima Carmen, de limpiar el cadáver del pequeño y de amortajarlo, y fue mucha muchísima la sangre que tuvo que quitar de aquella cabeza destrozada... Llaman a la puerta, a ver quién es ahora, adelante, pase... Hombre, Pepito, siéntate, hombre, estoy muy contento, no sabes hasta qué punto, ya ves cómo Dios no se cansa de ser bueno, Goyo que resucita, casi he llorado, oye, te lo juro, casi he llorado al saberlo, muchacho, tú dirás... ¿Cómo? Pero si hace unos minutos... ¿Que ha entrado en coma, que agoniza de nuevo, que no podrá llegar ni a esta noche, que todo fue una falsa esperanza de salvación, que es seguro que ahora se muere de verdad? Pero si no puedo creerlo, mira, Pepito, no me engañes, no te dejes llevar por la emoción, tranquilízate y cuéntamelo todo con detalle, con mucho detalle, porque todo lo que tú me digas ahora está destinado a las páginas más preferentes de la historia de nuestro pueblo, Pepito, de nuestro hermoso pueblo, del pueblo de Goyo, del gran torero Goyo, paisano nuestro, hermano nuestro, asesinado malvadamente por un toro... Y, a propósito, perdona... Alguacil, alguacil, ¿dónde carajitos se mete?, salga corriendo en busca del tipejo que vino a verme hace poco, sí, el de luto riguroso, sí, el de las manchitas rojas en los pantalones y en los zapatos negros, que sí, puñeta, búscalo y dile que venga, y que traiga la cabeza del toro ese que tiene todavía sangre de Goyo en el pitón izquierdo... Ay, Pepito, amigo, tú no sabes el sufrimiento continuo que supone esto de ser alcalde, alcalde consciente, como hay que ser, el pueblo en tus manos, pueblo que puede más que tú, más que tus intereses, como ahora, con esto de Goyo, todo el dolor de su muerte inminente aquí bajo mis costillas, igual que una congoja de nuestro pueblo.

Las viejas del pueblo ponen colgaduras negras en los balcones, pero suben de la calle las muchachas, cantan, las quitan, las tiran a los pozos, corren todas hacia la plaza y apalean bandadas de buitres que preguntan por ti, bichos de luto, fuera, que no ha muerto el torero, que no, que morirá de viejo, dejan sin flores las macetas, van a tu casa, ponen la cocina de colores, besan a tu madre, una por una, en mitad de la frente, por donde pasa el mismísimo eje de la locura, abrazan tu almohada, todavía con olor a sueño tuyo, bailan bailes alegres, cogen hilos de sol entre los pinos, bordan tu nombre sobre seda verde, que no, que no se muere, tapan la puerta del cementerio con sus cuerpos, con sus risas, con sus brazos alzados, suben al órgano de la iglesia, rezan al son de los pasodobles, que no, que no se muere, derriten con miradas la cera de los cirios funerales, aplaude el sacristán, brincan como cohetes los monaguillos, sonríe contento el cura párroco, la Virgen con su gesto dice que no, que no se muere, y de nuevo a quitar las colgaduras negras que pusieron las viejas en los balcones, y a castigar otras muchas bandadas de buitres que, en plena plaza, preguntan por ti, por tu cadáver.

Segunda parte

1

Ahí llega el viejo Gregorio montado en su mulo asmático, barba de un mes, abierta del todo la camisa sin botones, manchas de tintorro en la pelambrera blancuzca del pecho y esas piernas de chaval mal alimentado que cuelgan en un balanceo de pies desnudos, con mucho de guasa fina contra quienes le ven pasar. Porque toda la plaza parece que gira a su alrededor como un remolino de ojos, de luces de mediodía, de casas, de sombras, de palabras que murmuran referencias a la locura y de silencios que rumían los yerbajos del asombro.

—Hola, Goyito —le da vuelta al mulo, porque en el ojo izquierdo tiene Gregorio una nube que tira a nubarrón de tormenta de agosto—. Así es que, con dieciséis años, una pierna estirada y bastoncito de anciano, eso marcha, muchacho...

El torerillo, sentado en una silla de anea, le responde sin palabras, nada más que con un gesto muy de chiquillo a chiquillo, parpadeo de cariño, y esa mano que se mueve como si espantara una mosca. Son como pensamientos puestos en clave, signos que suplantan a las palabras cuando se convive largo tiempo sin testigos, juntos en la cárcel enorme del campo.

—Ya te han pasado los toritos el primer recibo —el viejo se echa para atrás el sombrero amarillo, el sombrero roñoso de palmas roídas por los sabios ratones de la prodigiosa Venta de la Curva—. ¿Y qué? Unos litros de sangre que se te van, otros litros de sangre que te meten, ¿y qué más, aparte del bastoncito ese de oficinista jubilado?

Han salido entusiasmados todos los hombres de la taberna. Corren los chiquillos por las cuatro costanillas para que nadie se pierda este número del circo de la vida. Se atoran de curiosidad las ventanas. La hermana del párroco ha corrido en busca de los lindos anteojos de teatro —de marfil dice ella, pero no, una mala imitación, anteojos de su abuela, muy señorona ella, qué más da— y mira con ellos hacia la escena, sin oír las palabras, sólo presintiéndolas en el movimiento pastoso de la boca del viejo, que parece que escupe muelas y colmillos según habla.

—Y por poco si te vas al otro barrio, ¿no? Yo ya te di por muerto, ¿sabes? Me enteré de la cogida por la radio, no en crónicas taurinas, qué va, Goyito, qué va, en los sucesos, entre un incendio de no sé dónde y un autobús que se cayó a no sé qué río. Y me emborraché, oye, para quitarte de mi memoria, para que no me dolieras, Goyito, para que no se me vinieran abajo las hermosas chozas de la alegría, y tú ya me entiendes.

Goyo le da su conformidad con un movimiento de cabeza y levanta de nuevo una mano como si fuese a espantar una mosca. De sobra sabe por dónde van los tiros: el abuelo Gregorio no se resigna, luchará hasta el fin para que su nieto vuelva a ser su legítimo heredero de galgos que no son admitidos en el canódromo porque juegan también a las apuestas, y puede haber trampa, y de gallos ingleses que pelean con la astucia elegante de los más rubiales diplomáticos, corbata de pajarita al cuello, sonrisita un segundo antes del espolonazo que rebaña un ojo, barriles con vino de a cien pesetas el vaso que al abuelo Gregorio le enviaron unos hombres ranas de esos que descubren en los fondos del mar galeones hundidos hace siglos, a cambio de no sé cuántas botellas de agua de lluvia en trece y martes, y posible heredero también, y, sobre todo, de la sencilla manera que el abuelo Gregorio tiene para salvarse de la monotonía.

—Haces bien en quedarte calladito, con tus dieciséis años, tu patita tiesa, gasas y algodones en la ingle, bastoncito de viejo para volver a casa muy despacio, y, dentro de unos días, otra vez a divertir a los borrachos de otro pueblo en fiestas, y que me traigan de nuevo el bastoncito, y así, de bastoncito en bastoncito, hasta que te mate un toro o hasta que te hagas multimillonario...

Pepito se acerca al mulo y levanta hacia el viejo su cabeza pequeñaja:

—Y usted, ni dudarlo, claro, usted prefiere que lo mate un toro...

El abuelo Gregorio rasca las orejas de su mulo asmático. El abuelo Gregorio, como si no viera a los del pueblo. ¿De verdad que ha dicho algo Pepito? El abuelo Gregorio cruza la plaza con una pobreza de misterio antiguo, palmaditas casi santas sobre la espinosa culata de su mulo.

Los hombres regresan a su vino, los chiquillos desembocan de nuevo a sus juegos, recobran su salud las ventanas, regresan las mujeres a tiempo de evitar que se pegue el guiso, se acerca Pepito a Goyo, las cigüeñas ametrallan el calor con su pa-pa-pa y la hermana del señor cura sigue mirando a Goyo con los gemelos de marfiles falsos que su abuela tenía para ir al teatro, aunque ella dice que para ir a la ópera, qué bobada.

Diez añillos tendría Goyo cuando allá en la venta le sorprendió el abuelo toreando de muleta al galgo Chulito. De momento no dijo palabra. Arqueó las cejas y se llevó el perro hacia el corral entre caricias preocupadas y distraídas, tal y como si le hubieran roto una figurilla fina en alguna repisa de los adentros. El muchacho le espiaba al atardecer desde el ventanuco alto de la fachada trasera: le está echando el grano a las gallinas lo mismito que si fueran animales ajenos, gallinas de esas corrientuchas que nunca pondrán huevos de más de dos yemas.

Por la noche le salió sin sal el aliño de tomate con bonito. Le tembleaba la mano como si un calambre le arrancara de la bolita del codo hasta electrocutar el alma de las puntas de los dedos. Tres botellas de vino se derramaron sobre la mesa manchada y salitrosa como madera de barca, aunque siempre limpia, con la rara limpieza que el abuelo Gregorio lucía en su mundo de pies descalzos y ropilla

162

remendada con machotudo descuido. Todo el corral se quejaba por aquella tristeza. Gruñidos lentos de los galgos, más largas las cabezas, chiquitines los ojos, como si ya se hubiera muerto el viejo. Crujían como pardos alacranes las alas cortas de los gallos peleones. No podían dormirse las gallinas en aquella noche de huevos abortados.

—Así es que te tira eso de torear...

—¡Bah! Estaba jugando con el perro, embiste bien...

—Por ese poquito se empieza —no miraba al nieto, lo deseaba más pequeño, lejos aún de esta primera edad de empezar a perseguir los fantasmas del poderío, todavía con los seis o siete años, descubriendo mundos en cada instante, que es lo hermoso, rey sin problemas al subirse en el borriquillo blanco de Pitraquito, el de las aceitunas con tomillo y pimiento coloradote en vez de hueso.

Goyito no sabía qué decir. Era la primera vez que presenciaba aquella especie de batalla perdida, tanto silencio y tan seguido en aquel cuerpecillo con esqueleto de alegría. Nunca le vio tan solo, tan casa abandonada, tan repentinamente amigo de la muerte.

—Muchos billetes ganan los toreros, Goyito. ¿Eso es lo que te atrae? ¿O los aplausos, toda la plaza en pie y tú, en medio, con los brazos en alto?

No preguntaba el viejo para que el nieto le respondiera. No quería obligarle a la mentira. Hay brillos en los ojos de los niños que son como etiquetas del futuro, resplandores adelantados de la ambición que luego se enciende y achicharra minuto a minuto los trigales todos del tiempo.

De nada sirvieron tantísimas vigilancias al compás del crecimiento, siempre alerta con la palabra en punta para destripar las tentaciones de la avaricia: fíjate bien, Goyito, en los hijos de los ricos, a todos sitios entre niñeras riñonas, los cuellecitos muy abotonados al cuello en pleno verano, y cómo te envidian cuando tú, de rama en rama, llegas a la copa de un árbol y ves y tocas y hueles los calorcetes de los nidos, y ellos, desde abajo, venga preguntarte cómo son los pajarillos, hasta que las niñeras se los llevan entre coscorrones y amenazas de en cuanto lleguemos a casa se lo digo a tu madre, pobrecillos...

Pero a Goyito se le enfermaban la sangre y la saliva cuando los chavales de casa bien, al desliar chocolatinas, de papel rojo brillante, por fuera, y crujidos finos de plata arrugada, por dentro, sacaban, por fin, aquel chocolate de príncipe, con la forma misma de los lingotes de oro, cacao de islas lejanas y leche de vacas suizas nada menos, que pastan entre montes muy altos de cucuruchos de helado por encima de las nubes... De nada servían las verdades locas que el abuelo aireaba para que Goyito aprendiera a imitar su libertad de hombre que es amo de todo el campo que ve, sin otras escrituras que la del respirar tan anchos espacios, o la de poder cruzar las lindes entre haciendas como quien viaja por todas las naciones sin necesidad de pasaporte alguno, más señor de las fincas que los propietarios legítimos, catedrático en bebederos de perdices y zorzales, doctor que señala el punto exacto, casi la parra primera, por donde empezó la peste de los viñedos, ingeniero de caminos que se sabe al dedillo la cantidad de lluvia que necesita la soberbia de cada arroyo para saltarse a piola el decreto antipático de las alcantarillas, y, cómo no, sociólogo de conejos, tantas madrigueras que se hunden, tantas otras que se inauguran, número de galgos buenos que se mueren, partos felices y partos fallidos de las galgas reinas, y conocer los vientos que engordan las aceitunas gordales y comerse una espiga verde muy despacito, como si leyera un libro, para vaticinar con saliva los alcances de la cosecha triguera... Quería que el nieto fuera también así de emperador, así de gobierno entero, ministro de todo lo que importa, allí en su palacio de la Venta de la Curva, cuatro mesas bajo el emparrado, un mostrador pequeño, clientela segura de no mucha gente, aunque no tan poca, que se mueve por sendas, de caserío en caserío, viajantes de nada, aventureros que huyen de las calles y cambian tomates por imperdibles, y ropa de segunda mano por espárragos trigueros, o que llegan y arreglan la dentadura rota de la noria a cambio de que le den bien de comer y un buen jergón donde dormir sin horarios durante cuatro días... Pero también llegaba, de tarde en tarde, estamos, pero llegaba, don Raimundo el ganadero, voz gruesa y oscura como un toro, y dale que te dale con la fiesta nacional, y el millón que había cobrado el torero de moda por la corrida del domingo, y los capitales que se le calculan, un año después de tomar la alternativa... El abuelo Gregorio le apagaba los candiles a su nieto: Goyito, coge el mulo, ve a la Venta de Perico y le dices que te deje, por favor, un par de latas de sardinas en aceite... Pero el chiquillo atravesaba el atardecer de olivos y pinares como borracho por la voz pastosa y gruesa de don Raimundo: un millón de pesetas en una tarde, ¿cuántas Ventas de la Curva, gallinas, gallos ingleses y galgos incluidos? Quizá cien o doscientas Ventas como la del abuelo... ¿Y de chocolatinas? Para morirme enterrado en chocolatinas de papel rojo brillante y plata fina que se arruga hasta que sale el chocolate ese de príncipe, con su forma de lingote de oro...

—En fin, nieto, tú veras lo que haces, pero no vuelvas a torear ni a uno de los galgos, porque me los irritas y adelgazan mucho con eso.

Al torerillo no se le pasa por alto: los paisanos le miran ahora de otra manera, desde más lejos, le preguntan por la herida como si acabaran de conocerle, no le gastan bromas, se siente entre ellos un poco forastero, igual que si hubiera regresado después de muchos años de haberse ido. ¿Qué, Goyito, cómo va eso?... Todos creíamos que habías terminado... Dicen que la primera cornada es la peor, porque las otras no son cosa tan nueva... Le hablan con palabras forzadas, entre disimulos de cariño, titubean en el saludo, tienen prisa por distanciarse cuanto antes, ni ellos mismos sabrán por qué. No parece sino que la cogida le hubiera marcado para siempre como uno del pueblo que ha dejado de serlo, un muchacho distinto, no famoso todavía, trajes de luces alquilados, pero ya con una cicatriz, pronto a mirar por encima del hombro, y las muchachas quisieran acercarse, pero es que la cornada fue en la ingle, y se ruborizan y todo al decirle adiós desde lejos, y los padres, mucho ojo, niña, que yo no te vea tonteando con ése, porque al torerillo se le ha puesto una cara de saber lidiar mucho mejor las becerrillas que los novillos, qué forma de mirar, comentan las madres cuando pasa, con lo buen muchacho que era, es mucha la golfería que se amasa en eso del toreo, y los novios que se encabritan cuando la palabra Goyito se pone en los labios de las novias: ¿Que no?, pero si hasta te has puesto colorada. Y también una especie de miedos adelantados, de profecías sobre rencores que han empezado a acumularse poco a poco, muy poquito a poco, al ritmo del paso de Goyo, la pierna tiesa y el bastoncito ese que parece de brujo, según don Antonio, el alcalde, que le da muchas vueltas al regreso de este muchacho que se fue travieso hace cosa de un mes y ha vuelto serio y envejecido, no por la sangre perdida, ni tampoco por el susto, no, sino porque ha sido ahora, cuerno adentro, la siembra de odio y orgullo, en una sola semilla que nada ni nadie secará, y, un día cualquiera de estos, el brote, fino todavía, y en nada de tiempo, tronco y ramajes de una soberbia que tan sólo la muerte tumbará de un hachazo, no con guadaña, como dicen, no, muerte con un hacha, gente dura esta de los ruedos, catetos reyezuelos que tienen apuntados en una libreta los nombres y los desprecios de sus principios, aquí en el pueblo del nacer, yo, el alcalde, el primero, claro está, y si llega uno a saludarle al gran hotel de los toreros, qué pesado el paisanaje, qué tonterías me dicen, no parece sino que entre todos ellos me hubieran costeado la carrera del valor, ¿y qué me cuenta, don Antonio, se acuerda usted de la tarde aquella?, sí, hombre, cuando fui al Ayuntamiento a pedirle veinte duros para irme a mendigar embestidas por esos tentaderos, qué mala memoria, señor alcalde... Y todo, pero que todo, está empezando así de sencillamente, la patita tiesa, el bastoncito, los días enteros sin tabaco...

Sentado a la puerta de la taberna se encuentra Goyito mucho más solo que en la cama del hospital, entre aquel par de viejecetes moribundos que repasaban el techo con la mirada, horas y horas, igual que si estuvieran viendo las películas de sus vidas a punto de terminar.

Ahí se le acerca el alcalde, sofocado y sin la parsimonia que lleva siempre como una bandera.

—No, Goyito, por Dios, no te levantes, faltaba más. ¿Qué tal va eso? A ver si tiras pronto ese bastón, muchacho.

—¿Tirar este bastón ha dicho?

El torerillo acaricia con solemnidad el bastón nudoso, de un amarillo lívido, nada de particular, incluso nada bien hecho, torcido el arco, más abultado en la parte baja, parece bastón de viejo, bastón quizá de muchos viejos, bastón barnizado por innumerables dedos amarillos que amasan y cuecen memoria en las tahonas del sol...

—¿Me dejas verlo, Goyito?

Ya tiene don Antonio en sus manos el bastoncito de la primera cogida, el bastoncito que es como un cetro para el nuevo príncipe de la torería, el bastoncito de brujo, el bastoncito de ir meditando las cosas que tienen que anotar en la libreta de los grandes y pequeños motivos para el resentimiento.

—¿Pero tanto significa para ti?

El torerillo retira el bastón de las manos del alcalde y lo levanta en alto, empuñado por la parte baja, en actitud de homenaje.

—Es mi amigo, ¿sabe usted?, mi único amigo.

Se levanta con mucho cuidado y, sin decir adiós, se va en dirección a su casa, la pierna tiesa, apoyándose en su bastón de brujo como si se aliviara agradecidamente en alguien de la familia. Don Antonio comenta a media voz:

—Si éste llega a torero grande, veremos a ver lo que es capaz de hacer con su pueblo, porque vaya un niño, vaya un niño...

Una tarde más ha llegado a la venta la niña de don Raimundo, empernacada con pantalones militares sobre el caballo inglés, que es como un galgo gigante, casi transparente el pellejo, cuerdas de guitarra los nervios del relincho, venillas como los ríos en el mapa de hule de la escuela, brillos de animal que deslumbran los ojos de Goyito hasta el punto de olvidarse de la chiquilla, jarrita de porcelana, finito y largo el cuello, respingona la naricilla y rebaño de pecas por las dos laderas de la cara... ¿Y tú, cuántos años tienes?... Vaya, lo mismo que yo... Pero ella, trece años, segundo de bachillerato, blusa con latidos redondos y duros, nunca se baja del trono del caballo, y qué triste, qué envidiosilla la Venta del abuelo con su cal reciente, hala, Goyito, dale a la brocha, que ya verás lo guapa que se nos pone la fachada, porque en esto de la cal ocurre como con tantas otras cosas, que si fuera cara no habría palacios ni casas de señorones de piedra o ladrillo a pelo, sino venga manos y manos de cal, pero, tú, chiquillo, oye, ¿pero en qué piensas?... Goyito, trece años, tentación continua de llevarse un galgo hasta el pinar para torearlo a escondidas del abuelo, pero a propósito es, lo sabría en seguida por la forma misma de embestir el perro al primer trapo, se pasa las tardes con ella por la cabeza, por las manos, hasta que aparece entre aquellos dos pinos, un buen rato antes de que el sol se ponga a morir por los caminos que dicen que llevan a la charca negra... Bueno, Goyo, me marcho ya, buenas tardes, no sé si volveré por aquí mañana, adiós... Parece que suspira aliviada la Venta de la Curva, de nuevo satisfecha de su cal, al demonio el caballo y la niña, la niña y el caballo, qué descaro de elegancia, Goyito, qué cantidad de insultos, nieto, la niña y su caballo maricón, qué

170

guerra contra lo nuestro, ¿o no lo palpas?, los galgos asustados cada tarde como si ella y su caballo fueran Dios, se esconden aterrados y hasta rezan y se arrepienten de matar gazapillos pelusones sin días bastantes para aprender a correr, y los gallos de pelea, cómo se ponen, tú, qué ganas de fugarse en busca de la mirada humillante del caballo pura sangre para ponerle bombas de picotazos en unos ojos que parecen pisapapeles antiguos, y yo, también yo, Goyito, pendiente de los ijares del caballo, qué delicada, qué indefensa la carne allí, no veas, Goyito, no puedes ni imaginarte la facilidad con que se cuela un cuchillo de cocina por esa ventana que los caballos tienen bajo las costillas siempre abierta, lo mismo que ocurre en los demás castillos de la soberbia, por si alguien se vuelve loco de razones y necesita bañarse las manos con sangre de caballo tan hijo de mala yegua como ése, ¿o no te diste cuenta de cómo te miraba, nieto, a que no?, lo mismo que si fueras brizna de yerba o aceituna de las que se malogran y terminan en puro hueso, y tú, embobado, vencido, pordiosero junto al caballo y esclavo del pestañeo de la niña de don Raimundo.

Como un ahorcado cuelga de la viga el bastón de Goyo. Qué retorcida en mal fario la alcayata, negro también el remate gomoso de la contera. Son ya más serenos los picores de la herida, no pespuntean el dibujo de la cicatriz, se remansa la picazón en el

relieve suave de la costura sana, todo listo para poder
torear, si se tuviera plaza y hora a la vista, pero no,
y el verano se acaba, chaparrón ahora mismo sobre
el pueblo, agua de setiembre, gotas frías, estarán re-
cogiendo las mesas y las sillas de la taberna, hay que
salir, hay que buscar trabajo, machacarse los sueños,
volverse ciego para las sonrisitas, muchos años quedan por delante, un día llegará ese día, finca grande
muy cerca, piscina aliñada con chavalotas suecas, tu
nombre sonando como un petardo de picardías en
la tertulia mañanera de las beatas, dientes así de
largos en los señorones importantes que husmean
los detalles de cada cachondeo para desahogar en
protestas y condenas la calentura que los quema, don
Antonio, el primero, no puede tolerarse tanto descaro, tan nefastos ejemplos para la juventud, ya te
adivinan, tú lo sabes, te mantienen a distancia de peligro, ojo con ése, que le ha visto la cara a la muerte
en público, que ha sentido cuerno por las tripas, que
está destinado sin remedio a los destacamentos de la
soberbia, llegue o no llegue, nunca más será persona
como Dios manda, ¿que quiere volver a trabajar?,
¿y os lo creéis?, sí, cara de niño desgraciado, ojos
al suelo, manos desesperadamente hundidas en los
bolsillos, palabras de obrero que echa de menos el
trabajo los domingos, y, por dentro, la bola del orgullo que se agranda y agrieta entre chasquidos, porque
el torerillo pertenece ya, desde aquella cornada, a la
casta de los que jamás podrán entender un porvenir
sencillo, pide trabajo porque necesita tiempo y distancia para coger carrerilla, bueno, madre, me voy

a la taberna, primer andar sin bastón, flojucha y torpe todavía la pierna, ya dejó de llover, está la cal de las casas igual que recién lavada y más triste, con brillos de losa de hospital, tonos morados al filo de las ventanas, adiós, Goyo, el niño le mira, pegada la espalda a la pared, gesto de simpatía mezclada con admiración y temores que no entiende, adiós, chaval, y parece que se despega de algo muy grande cuando antes de doblar la esquina se vuelve y lo ve allí, mirándole, admirándole, temiéndole, muy abiertos los ojos, acaso confiado en que tú le llamarás para contarle cosas de lejos del pueblo, y sueños de esos que siempre se cumplen tan sólo en el resto del mundo, y para aclararle los movimientos que hacen las orejas de un toro al embestir y a qué clase de caramelos saben los aplausos y el porqué llevas esa cara como de tener muchas ganas de llorar...

Pero, hombre, Pitraquito, ¿y me lo dices ahora?... Espera, Goyo, que te lo pongo en suerte. Se alegra el borriquillo blanco, libre de angarillas, echa las orejas para delante en caricatura de cornamenta, je, je, y acude al pedazo de manta con un son que no veas lo suave que entra, torito de algodones, ya es tuyo, niño, las orejas y el rabo, pero ten cuidado, Goyito, pues claro, si no le das salida, te topa, ahí va, o te levantas pronto o te patea y te mea, qué risas, ¿tú qué pensabas?, mi borrico embiste con todas las de la ley, sin cornamenta, pero con su lechecita rara, quítate la tierra de la cara mientras te lo pongo otra vez en suerte, loco que ha salido uno, porque si tu abuelo se enterara, bueno, capaz de cortarme el cuerpo a lonchas, bien, colócate allí, un poco más a la izquierda, enséñale la muleta, deja que se te acerque hasta la barriga y te lo sacas, eso, así, olé chiquillo, qué estilo, pero ahora tenemos que descansar, porque, si no, me quedo sin burro... Mira que eres, nunca te lo perdonaré, Pitraquito, yo aprendiendo a torear con los galgos del abuelo, a escondidas, y ahora me sales con que tu borriquillo embiste de maravilla, a ver, colócamelo otra vez en suerte, venga, Pitraquito, que yo te prometo brindarte el toro de mi alternativa y que te prestaré millones para que pongas una fábrica de aceitunas de las tuyas, camperas, millonario tú, suelta ya el borrico, je, je, y qué gustito me da a mí esto de pasarme un animal por la cintura, toma ya, si lo tengo lidiado, Pitraco, date cuenta cómo jadea, ahora, un respiro para el bicho y a entrar por uvas... Tu abuelo, Goyito, allí viene, ¿no te lo dije?, yo me largo, niño, que el viejo trae nada menos que el cuchillo de cortar sus rodajas transparentes de chorizo y salchichón, lo dicho, Goyito, adiós, y el abuelo que llega y ni me mira, el cuchillo por delante, derecho al borriquillo blanco, puñalada en el vientre, corte en el cuello, sustos de sangre por la yerba, pataleo de chiquillo asesinado, y desde la carretera, Pitraquito gritando sus insultos, viejo loco y malo, tendrás que pagarme lo que el borrico valía, prepárate para cuando vengan a verte los civiles, so criminal, y el abuelo Gregorio, como sordo, limpia con tierra rubia de olivar el afilado cuchillo de las tapas y regresa a la Venta de la Curva tan alegre, ¿qué tararea?, sí, Goyo, no te equivocas, tararea viejos pasodobles, se va cachondeando de ti, enfila aquella senda como si hiciera el paseíllo, la cabeza presumida y, en el andar, los dedos de los pies descalzos la mar de chulamente metidos hacia dentro... Aguarda, no te vayas, Pitraquito, que me voy para el pueblo contigo.

—No, Goyo, tú no debes buscar trabajo, y menos, ahora, que te lo digo yo, que se ríen, que te esperan todos para decirte que no, y aquí en esta tienda siempre tendrás algo de comer, un buen trozo de pan con manteca colorada, o la yema del huevo que se casca un poco, o pan con aceite y ajo, o unas cuantas sardinas arenques tamaño tiburón con su buen vaso de vino, porque también alimenta lo suyo el vino barato, tú no puedes renunciar a ser el artista que serás.

Pero Goyito, primer día sin bastón, sigue mendigando oportunidades para sudar jornales en lo que sea. No le importan los portazos de los gestos ni las palabras torponas de la hipocresía. De casa en casa, sus ojos tirados por el suelo de los portales, casi cara de fraile, ¿qué más queréis?

—Quieren acabar contigo, necesitan que te vayas, que desaparezcas como sea y por donde sea y hacia donde sea, porque te tienen miedo, Goyo, porque se huelen que llegarán esos días que nosotros sabemos que tienen que llegar. Pero, bueno, di algo, ¿a qué viene tanto silencio?, no me vayas a decir, a estas alturas, que nunca viviremos en tu finca, todos nosotros, los de tu cuadrilla, millonarios ya, el remojo en la piscina, sí, por capricho tuyo, y no me quites, por favor, a la bailarina negra, la bailarina de tu luto, ya me entiendes, qué rica, tú, qué olor a selva y a pantera, y la dentadura aquella como ristra de casas muy blancas entre los labios rojos de un incendio.

2

A Goyo le siguen oliendo a chamusquina los amane-
ceres todos y, cuando le cogen dormido, despierta
entre sofocos y toses, las manos crispadas hacia adelante como si quisieran estrangular los escurridizos
cuellos del humo.

—Cualquier día me voy para el pueblo y quemo la
iglesia, a ver si así el cura y todo el pueblo dejan
de rezar en contra mía.

Abre Marga de par en par los ventanales. El primer
sol descubre en la piscina seca los azulejos desden-
tados, las malvadas plantas de las ruinas que alcan-
zan ya los bordes, las butacas de columpio, boca
abajo, multiplicados en jirones de miseria los toldi-
llos, derrotadas en el suelo las maderas musculosas
de los trampolines...

—Como te lo digo: que me planto cualquier día
en el pueblo y quemo la iglesia, no lo tomes a broma, no, porque la han tomado conmigo, no paran
de hacer novenas para que yo reviente o me vuelva
loco, hasta que yo me canse, ¿estamos?

Marga sabe que es mejor no contestarle, que dentro
de poco, en cuanto el primer rayo de sol alumbre
la habitación, olvidará esa humareda de pesadilla.
Abajo, junto a la puerta principal, sigue el descapotable rojo, deshinchadas las ruedas de cubiertas po-
dridas, enloquecidos los muelles de los asientos, porquería de gallinero hasta la rueda del volante... Aún

recuerda ella las palabras de Goyo, hace unos meses, a Manuel el capataz, que espantaba las gallinas: «Déjelas que se diviertan en su Goyo-Festival». Unos días después mandó cortar el camino de la finca por tres o cuatro sitios, despidió a los de la cuadrilla, Pepito incluido, prohibió que se regara el jardín, estrellaba las porcelanas contra los lienzos, arañaba las mesas con las botellas rotas, se emborrachaba solo en mitad de la placita de toros y mantenía conversaciones fantasmales con personas que murieron o que no existieron nunca...

—Estoy pensando que quizá sea mejor ir a ver a don Laureano por las buenas: mire usted, señor cura, yo vengo a pedirle que, por lo que usted más quiera, ¿que es Dios?, mejor que mejor, yo le pido por Dios, señor párroco, que no diga más misas ni rece más rosarios en contra mía...

Lorenza la criada se fue sin decir adiós. El capataz y su familia también decidieron marcharse, con razón, estaban asustados: Es capaz de matar a cualquiera, señorita Marga, tenga usted mucho cuidado, porque está loco, dicho sea con todos los respetos, y si le parece, me voy a ver a don Joaquín para que traiga un médico. No, Goyo y Marga se quedaron solos, la gran despensa a tope, demasiadas botellas, muchas latas de conserva... A ella también le agrada, cada día más, este raro mundo aparte, invierno en puertas, lluvias largas que convierten en islote el caserío, rodeado por los oleajes del olivar, vida como de faro de novela, Goyo y ella atrapados por el silencio después de tantos gritos, después de tantos rostros, después de tanto depender de los demás, Goyo en los ruedos, Goyo firmando autógrafos, Goyo contestando preguntas de periodistas, Goyo atendiendo los miles y millones de amigos que le salen al torero que triunfa... Y también ella, en otro estilo más duro todavía, noche tras noche, sonrisa falsa con mucha dentadura, fondo de lucecitas rojas y música para los cuerpos, decorar cada noche el escaparate de la carne propia, una misma fiebre de macho con distintas caras, poca variación en el plomo de cada borrachera, y la mimada cartilla de ahorro para salvarse del hospital o del asilo en la hora inevitable de la fulana vieja, quita ya de ahí, no cuentes chistes, mujer, que estoy algo bebido, pero ciego no, mil pesetas, qué graciosa, oye, tú, escucha lo que dice ésta, mil pesetas... Cuántas veces, a esta misma hora, entre dos luces, al salir de la sala de fiestas, miraba Marga hacia las afueras de la capital, por donde al campo que empieza a dejar de serlo le quedan todavía reliquias del silencio verdadero.

—Y tú, Marga, ¿cuándo te vas también? No debes quedarte conmigo, ¿sabes?, te lo agradezco, eso sí, pero no quiero que te alcancen mis castigos, por cierto, ¿qué te parecería a ti que fueras tú a ver a la hermana de don Laureano y le contaras lo arrepentido que estoy, para que ella convenza a las beatas de que deben rezar a mi favor y no en contra?

Los televisores y los aparatos de radio los destrozó él, pero el gran tocadiscos lo descompuso ella con unas tijeritas finas de costura, cortes y más cortes en los cables más gruesos o más finos, según le parecían a ella venas y arterias por donde provocar la más rápida hemorragia de la música, de todas las músicas de moda, de todas las músicas que tararean los hombres mientras se acaba el trato para montarse, al fin, encima de la bestia que se alquila.

—¿En qué piensas, Marga? ¿Es que tú no crees en Dios o qué? Pero habla, mujer, di algo, ¿no?

Marga abandona el ventanal y se acerca a la cama donde Goyo, despierto del todo por un rayo de sol que le duele en los párpados, repite una vez más lo de todas las mañanas:

—Vaya, por fin se ha terminado el humo, qué bien respiro ahora, Marga, ven aquí conmigo, vamos a recordar la noche aquella, ¿te acuerdas?, yo con mi primer dinero fresquito de novillero, recortes de periódicos de Madrid en la cartera, y tú, como una hermosa yegua, y yo, como un potrillo sin experiencia...

Dentro de unas horas, novillada importante, flecha que se arranca hacia la alternativa, cómo te obedecen los toros, ni una sola vacilación en tu muñeca, los pies saben colocarse en el punto preciso, sin que tu cabeza se lo diga, los tienes enseñados, como la sonrisa, que te sale sin esfuerzo, sana fruta del torear a gusto, un mito el miedo, la muerte no existe, cuánta ligereza en los músculos, que ni sientes el cuerpo, vamos, que ni parece que andas, sino más bien que vas en vuelo muy rasero, las puntas de los pies hacia

180

dentro, sin proponértelo, en todo esto debe consistir la gloria, siempre cercado de mujeres que vigilan tus caprichos carniceros, anda cómeme, humaredas de cigarros caros, borracheras que te atraviesan el cuerpo y como si nada, dieciocho años, cosechas matemáticas de tus triunfos en las cartas esas con ventanitas de los bancos, cuenta corriente, arroyo fuera de madre, kilos de billetes verdes, y poder vivir como un rey sin llevar una peseta en el bolsillo...

—¿Cuál te pondrás por fin?

Pepito acaba de sacar dos vestidos de torear. En una mano, la chaquetilla del grana y oro, y en la otra, la azul marino.

—¿Qué? ¿No te decides? A mí, ya sabes que me gusta un rato más el azul.

Goyo sabe que a Pepito le entran repelucos nada más tocar esta seda de sangre, provocación a la tragedia, luto natural de las cornadas...

—Lo siento, Pepito, pero el grana me trae la suerte a espuertas.

El mozo de espadas tuerce la boca con rabia y asco, dobla y guarda el traje azul y oro en la maleta, coge la chaquetilla grana con los dedos a modo de pinzas y, entre contactos mínimos, la coloca con mimoso respeto en el respaldo de una silla, para mirarla de inmediato como si fuera persona de su total antipatía.

—Pero no lo mires así, tú, si ése es el color de los claveles reventones, flores bonitas, ¿no?

La frase produce el efecto que el novillero busca: Pepito se imagina la herida como una maceta cascada y la sangre que sale por allí en un tumulto de clavellinas que se deshojan.

—¿Qué? —se guasea—. ¿Ya estamos otra vez con la macetita rota y las clavellinas?

Pepito no responde. Sabe que saldría perdiendo en este juego de los terrores suyos contra las osadías de Goyo, que tiene preparados muchos más resortes para sonsacarle nerviosismos.

—Y pensar que tú también querías ser torero, ay, Pepito, qué gracioso eres, puñetero, qué tío...

La risa de Goyo sube y baja, se hace suave de pronto, hasta que se enrolla para sonar de nuevo como una serpentina que se dispara, no en verdadera señal de sencilla alegría, sino como alarde casi insolente de orgullo satisfecho, carcajadas de cohetes, formas de reír muy por encima de las casas y hasta de las torres, carcajadas de la audacia que a Pepito le despiertan en la memoria la frase aquella: A ti te falta para ser torero nada menos que tener cojones en el corazón. Y Goyo, cómo no, sorprende en ese rápido parpadeo el momento exacto en que Pepito, enroscada la víbora de tales palabras en sus adentros, se atreve a mirarle con odio, unos segundos nada más, y de nuevo a lo de siempre: la amistad que tiene grietas, pero que nunca se reseca del todo, porque Pepito es un sótano de sueños rotos y necesita respirar el aire dominante y certero de Goyito, sentirse, incluso, parte de Goyito mismo, sombra suya, humilde consocio del novillero en la fabricación de la fama, esclavo que charla más que nadie con el emperador, ilustrísimo criado que sabe cómo ronca el héroe y cómo son las venganzas que dibuja para el día en que pise la cumbre mayor de su soberbia... Y Goyo no, Goyo nunca ha pensado en renunciar a la presencia de Pepito. No le importan ni sus envidias resignadas ni sus odios repentinos: es testigo para su pueblo de cada ambición que se queda atrás, a la orilla de un galope que nunca se harta de aplausos y ganancias, y Pepito, siempre allí, a su lado, en todos los ascensores de la fama, para que pueda contar en la taberna del pueblo con millones de detalles la monstruosa velocidad del nieto de Gregorio, el loco de la Venta de la Curva, en esto de codearse con gente de importancia y de tener que limpiar de mujeres su cama, como quien sacude piojos, y también, porque Pepito le recuerda a Goyo una especie de ancla que todavía tiene echada en el pueblo y en el campo, y hasta el cariño de una planta que crece muy de prisa y no quiere desprenderse de las delgadas raicillas del principio, porque hasta para alimentar el rencor se necesitan los amigos del origen, las semillas de la niñez, esa otra persona que merendaba con uno por la tarde el mismo pan amargo de la ilusión que todos toman a puro pitorreo.

—¿Te has enfadado conmigo, Pepito?

El mozo de espadas no respondió. Ni volvió la cabeza. Seguía sacando cosas de las maletas, llevaba al cuarto de baño jabones, pasta y cepillo de dientes, maquinilla de afeitar, colonias, peines...

—¿Estás llorando?... Pero, ¿por qué, hombre, por qué?

Y a las dos se le viene el recuerdo de la tienda del

padre de Pepito, olores de alpargatas con suelas de goma y de esparto, jamón puesto en un buen sitio para tentar los paladares de la clientela, y, por encima de todos los olores, el olor a mar de la barrica de arenques, redonda como un sol barato que se hubiera ahogado en las aguas señoritas de la cigala, el langostino y la langosta...

—¿Qué hora tienes, Pepito?

—Las dos, las dos y diez...

—Pues vete ahora mismo a la calle y te traes una docena de sardinas arenques y una botella de tintorro.

Pepito estuvo a punto de responder que era domingo. Pero el corazón se le había puesto tan pueblerino que ni por un momento dudó que regresaría con los arenques envueltos en la aspereza del papel estraza que tanto tenía que ver con las manos de su padre, tan hundido él cuando lo supo, mozo de espadas, bueno, dice que gana un buen dinero, gastos pagados, y, después de todo, aquí le espera la tienda, para cuando yo me ponga viejo o me muera.

Escúchame, Marga, a ver si puedo explicártelo bien todo, llega un día en que tú ya no eres tú, te agarra la fama, te levanta, todos te miran desde abajo, y tú, sentado, la mar de orgullosamente sentado en un sillón de nubes, y se te acerca alguien que te dice: Goyo, soy poderoso y rico, pero te admiro, soy tu amigo y tú mi amigo, grandes amigos los dos, ven a mi casa, te rinden honores, notas que llega contigo una extraña alegría, una alegría que no es alegre, risas nerviosas, casi tristes de tan inquietas, muchas fotografías y eso, todos quieren salir junto a ti, lo más cerca posible, dices dos palabras y todos sonríen, qué ingenioso, respondes a una pregunta con una tosecilla, y qué socarrón, cómo sabe escurrirse, lo que no sepa esta gente del campo, toda la casa del hombre poderoso y rico gira como una rueda de agasajos, y tú, en el eje, tú el eje mismo, hasta la cocinera viene a pedirte un autógrafo para su nieto que le admira que usted no vea, y se echa a llorar, y los quince años de la hija del amo de la casa que se te ponen por delante como quince cajas de tiro de pichón, a ver por dónde sale la paloma de la sorpresa, y la madre que avisa, cuidado con la doncella, que ya sabéis cómo es de loquilla, y qué forma de pintarse desde que vino Goyo, a lo cabaretera, ojo, que el otro día le llevaba el desayuno, y venga de invitar a las amistades más postineras de la familia, y más mujeres a tiro, y más ricos y poderosos que te explican quiénes son, lo que tienen, lo que han hecho y lo que significan en el gran mundo, y otra vez lo mismo, que le admiran a uno, que son amigos tuyos y que tú eres amigo de ellos, y otra casa a la vista, y más y más incienso y desayunos que te llegan hasta la cama con el café con leche derramado sobre la mantequilla, todo puro pretexto, mi padre y mi madre acaban de salir, no volverán hasta dentro de dos horas, la cocina cae lejos de aquí, estaba tan ocupado el servicio que te traigo yo misma el desayuno, y en

185

otras ocasiones, menos, eso sí, mi marido se fue al despacho y las niñas en su colegio, o como la doncellita aquella, de cofia ladeada a lo flamenco, que me despertó con una antorcha a toda llama en el beso, y, aquí estoy yo para que el torero se desayune conmigo, y rueda que te rueda la rueda, hasta que al eje, tú mismo, se le cansa la grasa, echas chispas, te empiezas a dar cuenta de que eres para toda esa gente pues un espectáculo para el que no se venden entradas, caviar ruso legítimo para este chaval multimillonario que hasta no hace mucho se creía que la langosta era el cigarrón ese que se come los trigos en bandadas, torero fuera del ruedo, torero servido en exclusiva para los amigos, torero en su salsa nada más que para los grandes amigos de los grandes, fijaos en la fiera que acabamos de traer de la selva de la fama, venga, Goyo, tienes que decirnos la verdad de ese idilio que cuentan los periódicos, qué pillín, qué sabio, qué forma tan analfabeta de reírse de la filosofía de los libros, oye, ¿y es verdad que esto y que lo otro y que lo de más allá?, y mal asunto, siempre llevas la razón, todo lo que dices resulta que es algo muy profundo, no te afeitas en dos días y hay que ver lo independiente que eres, cosa de genios, te cansan las cartas, los malditos teléfonos, los grandiosos amigos, pero, ¿qué es esto?, llamaba a Pepito, y a don Joaquín: que me devoran... Al principio, Marga, era todo como una borrachera de bebidas, de cosas y de personas, su poquito de bilis en la resaca, el toro de la tarde que se da cuenta de tu cansancio y hasta parece que apunta los tiros de sus

186

cuernos hacia el río tremendo de tu femoral, pero, después, no mucho después, digamos que al cabo de recorrer cien o doscientas casas de esas que te digo, te paras a pensar, qué bien lo recuerdo, aislados por la nevada en aquel pueblecito, troncos en la chimenea, chorizos de todos los colores, algunos muy antiguos, arrugados, y sólo me reconoció el alcalde, Goyo, claro, el torero, pero nada más, ¿comprendes?, y qué ricos, Marga, qué sabrosos los chorizos, ahora una rodaja de ese otro que parece más joven, y aquellas sopas de ajo, y Pepito, muy preocupado, ¿que no hay teléfono dice?, y yo, las manos puestas al fuego, me encontraba muy feliz, nadie me hablaba, nunca tuve tanto tiempo tan mío, fuera aparte el tiempo de dormir, dos días de nieve, leche que se bebe con la espuma misma del ordeño, tiempo muerto de sobra para convencerme de que yo no estaba siendo yo, sino esclavo de los otros, valioso esclavo de todos esos que lucen joyas, lienzos caros... y también monstruos de popularidad y enriquecimiento a cien millones por año, brazos abiertos para el lujo del cateto que se juega la vida y gana un millón por tarde y que sabe decir las cosas con una filosofía que tú no veas... ¿Por dónde acogotar el porvenir? Finca de caserío de olivos, entre millones de olivos, a salvo de tantísimo amigo, acuérdate, soy presidente de tu primera peña, fíjate bien en mi cara, una noche te di un bocadillo de anchoas y un primo hermano mío te llevó en su camioneta a no sé qué sitio donde tú ibas de capea, pobre gente, no me importa que mientan, los de abajo pasan la cuenta no para cobrarla, no, sino para hacerse recordar por el famoso, para sentirse salpicados de alguna manera por el agua de la popularidad que tanto acaparan, y hasta embotellan, los amos de esas casas grandes en las que, si un toro te mata, enseñarán una silla, ahí estuvo sentado y dijo esto o lo otro, esta es la servilleta de su última cena, y el tenedor y el cuchillo y el plato, ay, Marga, si uno se muere, cuántas animaladas de museo, hasta los calcetines, pero no por cariño, no, ni porque te admiren de verdad, no, sino porque todos necesitan escaparse de la cárcel del aburrimiento, pero qué retorcidos los poderosos, Marga, qué falsos, Goyo para aquí, Goyo para acá, tú también eres muy rico, riquísimo, no puedes jugar ya a revolucionario, largos puros habanos en primera de barrera, ya no tienes salida, te hemos forrado de oro, muchacho, olvídate para siempre de las cosas sencillas, como respirar una hora entera de silencio en el campo o echarte a andar por las calles de la capital, sin que nadie le conozco a uno, viendo venir muchachas, y sobre todo, ésa, la de los zapatos colorados, que se para a mirar un escaparate, pero el novillero tiene que acudir a la casa del apoderado poco después de las seis, qué amargura, cuánto vinagre, Marga, ¿no es verdad que valdría la pena quitarse de en medio?...

Pero, Goyo, tú, que estás en la plaza, que dentro de nada va a salir tu primero. Ya me ocuparé yo de eso,

tranquilo, que sí, hombre, ya sé, la que está en barrera, a la derecha del lechuguino ese pelirrojo de la
chaqueta blanca, de acuerdo, ahora mismo me entero,
que sí, Goyo, no, si a ti te dan hoy una cornada,
a que te la dan...

Le rechinan los dientes, hasta parece que le crujen
las hombreras de grana y oro, venga ya, Pepito, a
qué esperas, mira que te doy una patada donde tú
sabes...

Se atolondra Pepito, busca a su alrededor, ¿por dónde empieza?, mozos de espada, ayudas, banderilleros,
ninguno la conocerá... Si quieres, Goyo, se lo pregunto a ella misma, con buenos modales, ¿estamos?,
por favor, señorita, ¿cómo se llama usted?, y si
quieres, le pido también la dirección, su número de
teléfono, allá voy, bueno, sin pegar...

No tendrá todavía los dieciocho, más bien delgaducha, pómulos salientes, ¿y las pecas, las puñeteras
pecas de la niña?, ¿y la blusa, que tan pronto parece
que lo tiene todo liso por dentro como que no?, qué
diablura, como ahora que se lleva una mano al
pelo... Se le acerca Pepito, le ha echado cara al
asunto, así es mejor, sonríe, cómo le brillan los...

¿Qué quieres, Felipe?, ¿que va a salir mi toro?,
pues que salga, leche, que salga, córrelo tú mismo,
hala...

Dice que parece mentira que no te acuerdes de ella,
que te conoce desde niña, porque iba mucho a caballo hasta la venta de tu abuelo, que se llama Amalia, ¿y qué más?, ah, sí, su padre, don Raimundo,
es ganadero de reses bravas, dice que tú lo conoces,

y no sé qué más me dijo sobre unos toros color de la candela... Tú, Goyo, que el público se enfada, que tienes que salir ya, y ten mucho cuidado, olvídate de mujeres, Goyo, tú, al toro, al toro nada más, ¿me oyes?

Qué serenos los ojos del toro, de todos los toros, qué inocentes, la maldad cuernos arriba, pero la mirada, no, la mirada es como de niño grande, todo lo contrario que el mirar de los caballos, ay, aquel pura sangre, puro hijo de puta, qué manera de volverle la culata al mundo del abuelo, qué azul de aristocracia en los ojos vivarachos, siempre con prisa de largarse al trote del desprecio, y ella encima, sí, la misma, esas pecas y la blusa que parece que juega a tener y a no tener frutas escondidas...

Suenan aplausos, por lo visto me salieron bien los lances, pura mecánica, lo que yo me digo, trabajan ya por su cuenta las muñecas, se colocan los pies en donde deben sin que yo les tenga que mandar nada, ahí la tienes Goyo, mueve una mano en son de saludo, sin entusiasmo, ella en alto, tú aquí abajo, vestido de príncipe de cuento, pero ella, por encima, igual que si estuviera montada todavía en el caballo aquél, casi transparente el pellejo, venillas como los ríos en el mapa de hule de la escuela, como cuerdas de guitarra los nervios del relincho, y qué hermosura la del animal soberbio que nunca te la dejaba tener a tu misma altura, ni una sola tarde pies en tierra los dos, siempre el maldito pura sangre recordándole a ella que ya estaba bien de estar en un lugar tan feo y tan pobre...

Maestro, que salen los picadores... Sí, los picadores, con sus caballos venidos a menos, pero nunca humildes, se mueren de viejos o de hambre o de una cornada, pero con la cabeza muy alta, y qué bien que le tapen los ojos, porque así no tiemblan de cobardía al vérselas con el toro, y porque, además, de esta manera, tampoco al toro se le vuelve loca la fiereza al verse mirado con ese estilo de mirar de reojo que se gastan los caballos todos contra los demás animales, incluidos los hombres que no son de buena familia.

3

Ya está tendido en la mesa de mármol, en la mesa blanca de los muertos raros, de los muertos por alguien o por la desesperación, libre de ropas, los ojos de par en par, como asustados, ¿para qué cerrarlos?, la boca abierta, ¿qué más da?, ¿a quién se le ocurriría encajarla con un pañuelo atado como para un dolor de muelas?, mucho costó quitarle la costra de barro oscuro, no bastaba con el chorro fuerte de la manguera, sobre todo, en el pelo, se rompieron dos peines de los antiguos, negros y grandes, peines de la mujer del enterrador, luego, los tiras, ¿me oyes?, no los traigas a casa, que no, que ni lavados con gasolina, que los tiras, y el forense con prisa, todavía me quedan hoy tres autopsias más, esa maldita carretera no para de darme trabajo, listos los serruchitos, los cinceles, los bisturíes, no hay quien entienda a la juventud de ahora, diecisiete años, ¿qué pajarracos se meterían en esa cabeza?, según me dijeron quería ser torero, ¿no?, ah, sí, es cierto, cornada de las gordas, se pasean los dedos de caucho por el costurón de la ingle, todavía no estaba cicatrizada del todo, de fijo que aún le picaba, el pitón le debió llegar casi al hígado, pronto lo sabremos, vamos a empezar, cuántos sueños habría en esta cabeza, sujétela bien, hay que ver, si los pensamientos se quedaran grabados en el cerebro como si fuera un disco, qué ilusiones escucharíamos ahora mismo, aplausos, millones, mujeres rubias, mujeres morenas, ricas, pobres, ¿cómo dice usted?, sí, claro, y también rencores, cómo no, vaya, es curioso: entonces, desde la cornada, se sintió importante, una cogida, y reacción heroica en el torerillo, qué finamente rugen los dientes metálicos sobre la frente del chaval ambicioso, por lo que usted me dice, le caía antipático al pueblo, ¿no?, un poquito, quizá por envidia, el que no tuviera un duro no importa, el muchacho no se resignaba, el muchacho tenía ya su cornada y todo, una cornada de torero importante, y pensaba seguir adelante, no renunciaba a su hambre de sobresalir, de lograr despegarse, ah, no trabajaba en nada, sólo venga y venga amasar triunfos con la imaginación en este trozo de cuerpo que estamos viendo, y nadie le daría trabajo cuando lo pidió, exacto, lo de siempre, es un inútil, de sueños no se vive, tiene demasiado orgullo para trabajar como Dios manda, y total, si algún día llegara, ve a pedirle aunque sólo sea un pitillo o acude a visitarle a su finca con ganas de bañarte en la piscina o pregúntale que si te puede llevar a la capital en su coche descapotable, y así, hasta que el resentimiento del muchacho y la envidia y los recelos del pueblo amasan con silencio la peor de las sangres, como ésa que se ve ahí, en el centro mismo del cerebro, la sangre coagulada por la angustia, el cuajarón de lo que fue y de todo lo que pudo haber sido...

Más de un mes hacía que faltaba del pueblo, nadie quería echarle de menos, pero se imponía su nombre sin remedio en la conversación: ¿Quién, Goyito? Ése estará olfateando oportunidades por los tentaderos, comiendo lo que caiga y a dormir en los pajares, venga a darle coba a los ganaderos, incienso a los matadores, si usted, maestro, me echara una mano, o quién sabe si no se habrá enganchado a la calentura de alguna turista puretona y rica, con tal de no trabajar, a lo que sea, que Dios libre a nuestros hijos del maldito mal de montera, con unos microbios que no veas, oye, que ya les puedes echar la penicilina a litros...

Pero, de repente, se puso el mediodía de un gris remordimiento, desembocaban en la plaza ventoleras de esas que arremolinan añicos de papeles antiguos, le dolieron las sienes a la torre al campanear las doce, interminable docena de punzadas sonoras por los cuatro costados del pueblo, se bebía con más prisa el vino en la taberna, no jugaron los niños durante el último recreo de la mañana, revivían lejanos muertos en la memoria de los viejos, y qué picoteo de llanto sin motivo en el mirar de las chavalillas, madre, a ver si llueve pronto, que siento un no sé qué por la garganta y en los ojos.

Don Laureano, el párroco, alargó los rezos del Angelus, su padre y su madre ahí mismo, sentados frente a él, sonriendo los dos con esa clase de sonrisa tan dulce y tan invariable, como tallada sabe Dios en qué minuto de acabar de salir de una amargura, sonrisas que los difuntos tienen para no doler demasiado cuando se les llama, y qué oscuridad tan extraña a las doce en la sacristía, no oscuridad de luz que emborrona, sino maciza oscuridad que se presenta como un golpe de aire turbio, algo que el cura conoce muy bien, aunque ni siquiera se lo diga a sí mismo, aire de luto, aire negro que le acompaña no sólo cuando anota nombres y horarios en el libro de los entierros, sino también cuando bautiza hijos de padres ocultos o cuando se avecinan desgracias definitivas, y de nada le sirve, entonces, que haga vibrar su cabeza para librarla de supersticiones posibles. Enciende la luz, Fulgencio, creo que tenemos una buena tormenta encima, pero qué va, ni las dos bombillas grandes pudieron aminorar aquella antiluz que ahumaba la cristalera mayor de la sacristía, algo va a pasar, Dios mío, lo veo venir, perdóname, Señor, a veces, ya lo sabes, resulta que se me pone la fantasía en plan de profeta, qué estúpido, todo se quedará en tormenta grande, muchos relámpagos, alguna chispa eléctrica que torcerá un poco más la silueta del ángel de la veleta, pero, al fin, para las tres o las cuatro, otra vez el sol, las calles más limpias, los corazones más limpios también, y los gestos, porque a mí, Señor, me gustan las tormentas, son como duchas enormes para un pueblo entero, y de nuevo estoy fantaseando, tú ya me entiendes, pero qué negrura, Dios mío, pero es que va a pasar algo muy malo en este pueblo, ¿por qué se han apagado esas dos bombillas, si ni siquiera ha comenzado a llover?, vamos, Fulgencio, ven conmigo a la plaza, necesito sin falta enterarme de

lo que pasa o de lo que ha pasado o de lo que
va a pasar...

Junto al conductor venían sentados los dos civiles. Don Antonio, el alcalde, llegó a la plaza, puesto de pie en la camioneta, con los codos clavados
sobre la cabina, despeinado y con cara de querer demostrar un sufrimiento enorme: Ay, don Laureano, qué tragedia, cuánto dolor, amigos todos, pueblo
todo, mucho tenemos que rezar, aquí tengo a mis
pies el cadáver de ese pobre muchacho, Dios quiera que Goyito estuviera loco, porque así, todavía podríamos rezar por el alma de un joven; casi un niño,
que se dejó llevar por la ambición y por la soberbia,
¿pero qué le pasa, señor cura?, ¿se ha vuelto loco?,
a ver, guardias, impidan como sea que suba a esta
camioneta el señor párroco, ¿pero qué está diciendo
este cura?, oiga, que no le consiento ni un insulto
más, ¿que yo soy un mamarracho?, todos lo habéis
oído, ¿no?, ha dicho que yo, el alcalde, soy un mamarracho, pues ya veremos lo que dice el señor obispo cuando el gobernador vaya y le cuente estos insultos del curita joven, guardias, vámonos al cementerio, la culpa la tengo yo, por querer traer hasta
el pueblo un cadáver que es todo un símbolo de los
males que amenazan a la juventud actual, ¿o es que
usted, como párroco, quiere elevar a los altares a un
niñato que no dio un golpe en su vida y que, además,
para colmo, se ha suicidado?, basta ya de contem-

placiones, vamos al cementerio con este cadáver de muchacho maldito, negro de barro, imagen horrible de quien atenta contra Dios, como Judas, poniendo fin a su existencia, que no le pertenece, nada menos que quitarse la vida, el don más preciado que el Creador le otorga al hombre, vamos, de prisa, al cementerio... Nunca doblaron ni doblarán tan hermosamente a muerto las campanas, porque las tocaba, por primera vez, el propio párroco, y les sacaba un nuevo son, ni rápido ni lento, con escozores entusiasmados en las llagas de los dedos, como si rezara con campanas para que no fuese verdad que Goyito se hubiera suicidado, sino que resbalaría en la orilla, o tal vez un mareo, o que se tiraría al agua enloquecido, eso, en un avenate, en una ceguera, Dios es bueno, tanto que ni podemos imaginarnos cómo es de tierno, padre y madre a la vez, no sé lo que me digo, Señor, pero tú escúchame, que sea mentira eso de que se ha matado, dime que se había vuelto loco, Señor, que era un niño todavía...

Como pitas de vallado se han puesto las orejas del pura sangre, algún lagarto que se le encaró en el camino, alguna rata que corre hacia la orilla, algún conejo que brinca asustado allá por las junqueras, pero no se le pasa el susto, qué va, si hasta parece que le suenan por dentro de la cabeza pequeñas explosiones de terror, agarrotado el cuello bajo las crines, salpicones de espuma entre cabeceos de rebeldía contra la jáquima, contra las palmadas que intentan el sosiego, contra el aire que respira, y hasta anuncia que no tardará en levantarse de manos, porque recula sin perderle la cara al agua turbia de la charca, agua como acorralada por la tizne de los fangales negros, será mejor desmontar, a ver si así se tranquiliza, pero no, qué tironazo, vueltos los ojos hacia arriba, allá va a galope tendido, expuesto a matarse si se le enreda una pata en las riendas o si llega a la finca tan loco de miedo como va y se estrella contra el fondo de la cuadra, ya ni se le oye, sólo queda el largo polverío de su carrera, ¿qué vería?, ni que fuera un fantasma, lo peor será el mal rato que pasará mi padre, pronto vendrán, un poco de paciencia, qué tristeza tan grande la de esta hondonada, y, sin embargo, no sé por qué, pero me atrae, quizá por ser todo aquí tan distinto al resto del paisaje, tierra como un poco extranjera en medio de olivos, pinares y eucaliptos, ¿pero qué es aquello?, si parece el cuerpo de un hombre, claro está que lo es, un muerto, qué miedo, vaya, menos mal que oigo galopes, qué horror, se habrá ahogado, y parece joven, ya llegan mi padre y el capataz, con otro caballo para mí, nada papá, no te preocupes, el caballo se asustó por aquello, ¿no lo veis?, en el agua, junto a las piedras grandes, un muerto, bajan corriendo mi padre y el capataz, les veo acercarse con cuidado por el fango hasta el cadáver, lo contemplan unos instantes, hablan entre ellos, y, por fin, cuando regresan: Hay que volver rápidamente a la finca y telefonear a la guardia civil, ¿sabes quién es?, el nieto de Gregorio el de la Venta, el muchacho ese al que le dieron hace poco una cornada en una capea de pueblo, vámonos, los caballos van perdiendo el nerviosismo conforme nos alejamos de la charca negra, su padre también murió de la misma forma, comenta el capataz... Y yo le recuerdo, hace pocos años, durante unas vacaciones, casi todas las tardes iba yo a la Venta, cruzábamos unas cuantas palabras, hasta que el pura sangre se ponía latoso, ¿cómo se llamaba?, mi padre acerca su caballo al mío, me pone una mano sobre el hombro, mira, Amalia, es mejor que olvides todo eso desde ahora mismo...

¿Antes no puede ser, don Joaquín?, me miraba de una forma que me hacía dudar, ya te digo que no, muchacho, vuelve el viernes de la semana que viene, un poco después de las seis, como hoy, a ver si para entonces consigo algo, pero es que, don Joaquín, una semana es mucho, no sabría como explicarle, necesito que alguien me ayude, ¿comprendes?, no en echarme de comer, no, aunque no me sobra, pues un cacho de pan, ya sabe, se consigue en cualquier sitio, torear, eso, torear cuanto antes, le abrí la puerta, hasta el viernes, te digo, un poco después de las seis de la tarde, y llegó el viernes, es decir, hoy, me levanto de mi siesta, me doy mi ducha, me echo mi colonia de la buena, me pongo mi pijama de rayas, mi reloj de pulsera, y que son las seis y que son las seis y cuarto y que son las seis y media y las ocho y las nueve, y te digo una cosa, Marga, nunca me dolió tanto que alguien faltara a una cita, mucho más tratándose de uno de los muchos torerillos que acuden a que uno los ponga en camino de millonarios, ¿sabes lo que ocurre, Marga?, pues que fue la primera persona que, necesitándome tanto, de verdad de la buena no llegó, ¿pero por qué?, ¿habrá encontrado por otro sitio la ayuda que suplicaba?, sí, llevas razón, Marga, vamos a bailar, después de todo, aunque ahora que recuerdo bien, aquel muchacho me impresionó tanto porque al poco de llegar clavó sus ojos en los míos y me dijo algo tremendo, ¿cómo fueron sus palabras?, aguarda un poco, ya, sí, me dijo, yo, don Joaquín, fuera aparte de querer ser torero, le tengo asco a la vida, y con esto podrá usted hacerse una pequeña idea de lo que a mí me importa que un toro me mande al otro barrio... No puedo negarlo, Marga, estoy fastidiado, ¿sabes?, quizá sea ése el primer muchacho que yo podría llevar hasta la cumbre de la torería, porque llevaba en la mirada, y qué bien que lo entiendo ahora, la chispa de quienes lo quieren todo o nada, y yo, Marga, lo que son las cosas, ni me acuerdo del nombre de aquel muchacho que hasta sería capaz de matarse, si es que no se ha matado ya... ¿Cómo? De acuerdo, Marga, si se ha quitado de en medio, qué pena de muchacho, pero déjame ser un poquito egoísta, y no te enfades, si te digo que me parece que he perdido la gran oportunidad, mi más grandiosa oportunidad para llegar a ser un apoderado multimillonario y famoso, pero espera un poco, porque mañana mismo me pongo a buscarle por donde sea, me dijo que tuvo una cornada hace poco, ya ataré yo los cabos, y si le encuentro vivo te lo mando a tu casa para que tú me lo devuelvas de una vez para siempre a la alegría de vivir, para que aprenda en tu cuerpo lo que se pierde con la muerte, aunque, eso sí, en la medida justa que requiere el valor de un novillero, y sin que a ti, yegüita mía, te dé por encapricharte demasiado con el potrillo, porque tú, miles de veces te lo he dicho, seguirás siendo una sentimental hasta que te mueras.

El tonto parece mosca pesada de fines de verano. Lo echan los guardias, pero vuelve una y otra vez donde el cadáver, toda la vida asomándosele por el balconaje vidrioso de los ojos, las manos cogidas a la espalda como si pretendiera disimular los negros misterios que aclara en el cuerpo embarrado por la tragedia. Que te vayas, tú, que a la próxima te entero, puñeta con el tonto este, estamos listos. Serafín ha debido venir andando desde el pueblo, tiene costras de sudor y polvo encima de las cejas, por el cuello, en los tobillos libres de calcetines devorados durante la caminata por la anchura de unos zapatones viejos. Se aleja hacia los eucaliptos, restriega una mano contra la otra en espasmos de irritación, pero cambia de sitio con pasitos cortos que apenas si se notan, en curva de rodeo cada vez más cerca del ahogado, de los guardias civiles, del alcalde, del juez, del secretario... Todos fuman, charlan, se olvidan del tonto, cómo no, si hasta llega el momento en que ni siquiera cuenta ya el cadáver, porque basta con una frase tonta sobre el tiempo que hace y se miran lejanías del panorama, buen pretexto para que todas las espaldas formen muro de indiferencia junto a la muerte, y, al poco, la chirigota primera que se riza con timidez, cruza allá al fondo un bando de zorzales, aventura el alcalde un mal chiste de cazadores, recuerda el más veterano de los civiles sus muchas tentaciones de matar pájaros y liebres con el mismísimo fusil, cuando atraviesa cotos de los buenos a la busca de furtivos, hasta que el juez consulta su reloj y recupera toda la atención del grupo para el asunto del muerto: Mucho tarda esa camioneta, señor alcalde... Y de nuevo los ojos de Serafín encima mismo del cadáver, los zapatos casi rozando uno de los brazos, inclinada la cabeza bajo el peso de una emoción inexplicable y repelente... Que te largues, leche, pues vaya un tonto de los cojones, hay que darse cuenta, señor juez, que nunca falla, y usted lo sabe tan bien o mejor que yo, por supuesto: siempre que hay una muerte de estas de morirse fuera de la cama de uno, catapúm, como un clavo, el tonto del pueblo de al lado que se presenta, por las buenas, a comerse el muerto con los ojos...

Goyo hablaba del porvenir igual que si ya lo hubiera vivido, incluso con su migajita de cansancio en aquella voz como de viejo, porque no parecía, ni mucho menos, chiquillo que soñara en alto, sino persona mayor que le diera un serio repaso a las cosas que dejó a su espalda, y hasta un poco triste se ponía, así es el mundo, Pepito, te arañan si no arañas, pero tú, tranquilo, de mozo de estoques conmigo, tendrás que aguantarme mucho, eso sí, pero quién es el que no aguanta, dice mi abuelo que nadie es libre, salvo unos cuantos en todo el mundo, uno, él mismo, y de los demás, ni noticia, de tan lejos como vivirán de aquí, hasta yo también me sentiré bastante esclavo, no importa que se tengan cientos de millones, te acogota la fama, necesitas siempre más de todo, y Goyito se fugaba poco a poco de la piedra del pinar donde charlábamos y me arrastraba a mí, como le digo, porque yo estuve con Goyo qué sé yo en cuántas novilladas y corridas, conozco los hoteles de lujo de toda España, me sé los nombres de muchas mujeres y el color de sus ojos y la anchura de sus caderas y sus voces y sus labios, y la enfermería de aquella plaza, fíjate bien, Pepito, el médico diciendo que voy a morirme y yo, enterándome, porque todavía no me ha dormido la anestesia. Goyo y yo discutíamos y todo en esa vida suya de torero famoso, especialmente al principio, porque llegó un día a partir del cual todo fue distinto, me insultaba a mí como insultaba a toda la cuadrilla, llegó una tarde, como si lo estuviera viendo, rabioso al volante de su descapotable rojo y nos hizo tirarnos vestidos a la piscina, con qué maldad se reía, y por la noche, aquella matanza de ovejas, caballos, novillos, pavos, y al final, rematando agonías con champán y tiros de rifle, todo eso está escrito, Pepe, me aseguraba en el momento preciso en que los dos regresábamos de aquellos viajes hacia las cosas, las personas y los sitios que nos esperaban para que todo se cumpliera, pero ya no, es suyo ese cadáver, suyos son esos dos ojos que miran con asombro, sin acabar de creer que nunca podrá cumplirse aquello que él había recordado tal y como si lo hubiera vivido de antemano, ojos que protestan por este corte final que él mismo le ha dado al camino que llevaba hacia todo aquello, ahora ya tan imposible, y sin embargo, jamás me parecerá que se tratara solamente de una larga mentira que Goyito y yo llegamos a creernos, porque eran tantos los detalles y tan verdaderas las personas...

Sí, señor juez, pues claro que conozco esta libreta, es la de Goyo, siempre la llevaba encima, no, yo nunca llegué a leerla, recuerdo, eso sí, que acostumbraba a escribir en ella algunas palabras o quizá números, no sé, acaso para no olvidarse de algo... Con mucho gusto, sí señor, le explico todo lo que yo sepa, ¿esta lista de nombres?, pues ya verá usted, aquí están personas del pueblo, por ejemplo, don Antonio, que es el alcalde, y otras personas, no, otras son de fuera del pueblo, o, mejor dicho, de fuera de la realidad, no existen, o cuando menos, yo no los conozco nada más que de tanto como las nombraba Goyo, como don Joaquín, su apoderado, al que acabó por llamarle de tú, de don Joaquín al mismo tiempo, para desquitarse de sus primeras fatigas, qué gracioso, le llamaba, le ordenaba, oye tú, don Joaquín, era ésa una de sus revanchas favoritas, y aquí está Marga, carne de sala de fiesta, yegua de lujo la llamaba Goyo, fue la primera mujer que cató él y no se le olvidaba, y así todos los demás nombres, unos de verdad y otros de todo aquello que parece mentira que pueda ser pura mentira, como Cuca, la bailarina negra, como El Puñeto, que así se llamaba el picador, si le hubiera usted visto leyendo conmigo la copia del testamento una vez, ya de matador, cuando un toro cogió a Goyito, de tanta gravedad, que tenía casi los dos pies en la sepultura... ¿Cómo? ¿En la última página? Se refiere a esta frase, ¿no?... Lo que nunca podré dejar de hacer, un cabaret en la plaza de mi pueblo, frente a la iglesia... Esto sería un poco largo de explicar, señor juez, y me parece a mí que para nada le serviría... A ver, que venga otro.

Sí, señor juez, es mi nieto, ¿puedo marcharme ya?... Estuvo en la orilla de la charca el tiempo justo y se fue con los párpados cerrados, metidos los labios hacia dentro, ni una lágrima, ni un tembleque en las manos, otra vez a pelo sobre el mulo asmático, los pies descalzos en un balanceo de qué más da la muerte, para qué servirá concederle tanta importancia, así está hecha la vida, nadie se queda para siempre por aquí, antes tú, yo después, poco dura cada año, y un siglo, un poco más, no mucho, brincan los galgos alrededor del viejo como una escolta de garabatos de brujería para el olvido, pronto se verá la cara de la Venta, nada más doblar ese recodo del camino, la puerta como una boca rara, el emparrado como cejas corridas sobre la mirada tristona de las dos ventanas bajas, y detrás, el corral, alma de un reino que, ahora sí, acaba de quedarse sin el príncipe heredero, hay que llegar pronto y acariciar una por una las gallinas y darle adormidera a los gallos de pelea para que vivan, de verdad, sin los sobresaltos de la furia, porque muchos serán ahora los clientes nuevos, a la pesca de los gestos y las palabras del luto, y habrá que cerrar la Venta, toda la familia dentro, ni un ruido de alas, ni un ladrido cuando aporreen la puerta y las ventanas, porque, por vez primera, nos emborracharemos juntos, pero, ojo, que si se forma tanto así de trifulca se acabaron las juergas para siempre, nada de picotazos ni de mordiscos, ni de patadas, tú, mulo antiguo, porque también tú la agarrarás de lo lindo, y ya veréis cómo, muy metidos ya en la madrugada, se presentará Goyito y vosotros escucharéis cómo me dice que lo ha pensado bien y que renuncia a toda la engañifa del toreo, y el martes que viene, martes y trece, llenaremos las quinientas botellas con agua de lluvia, y todo eso que acabamos de ver en la charca negra resultará que fue nada más que el sueño cabrón de un caballo más melindroso que su madre que nos odia a muerte porque nosotros somos unos animales así de maravillosos.